DU MÊME AUTEUR

Aux Éditions Gallimard

L'AMOUR ET LES FORÊTS, 2014. Prix du Roman des étudiants France Culture, Télérama 2015, prix Renaudot des lycéens 2014, prix du Roman France Télévisions 2014 (Folio n° 6059 et Écoutez lire).

Aux Éditions Actes Sud

DEMI-SOMMEIL, 1998 (Points Seuil P2444).

Aux Éditions Stock

LE MORAL DES MÉNAGES, 2002 (Le Livre de Poche n° 15544).

EXISTENCE, 2004 (Folio n° 5553).

CENDRILLON, 2007 (Le Livre de Poche n° 31075).

LE SYSTÈME VICTORIA, 2011 (Folio n° 5554).

ÉLISABETH OU L'ÉQUITÉ, théâtre, 2013.

Aux Éditions Xavier Barral

TOUR GRANITE (avec Jean Gaumy et Harry Gruyaert), 2009.

TOURS, DENIS VALODE ET JEAN PISTRE, 2010.

PAVILLON NOIR (avec Angelin Preljocaj, Rudy Ricciotti, Michel Cassé et Jehanne Dautrey, photographies de Pierre Coulibeuf), 2006.

Aux Éditions Rizzoli New York

CHRISTIAN LOUBOUTIN, entretiens avec Christian Louboutin (photographies de Philippe Garcia et David Lynch), 2011.

Aux Éditions Loco

B / NT : BECKMANN / N'THÉPÉ (photographies d'Olivier Ansellem), 2016.

LA CHAMBRE DES ÉPOUX

ÉRIC REINHARDT

LA CHAMBRE DES ÉPOUX

roman

GALLIMARD

À Marion

1

Son cancer lui a été annoncé, à la suite d'une mammographie effectuée à son initiative en raison d'une grosseur, en décembre 2006. Comme cette tumeur d'un peu plus de quarante millimètres n'avait pas été détectée six mois plus tôt par le même examen, les médecins ont émis l'hypothèse d'un cancer à évolution rapide, éventuellement inflammatoire. Le délai nécessaire à l'analyse de la ponction a été ce que j'ai vécu de plus douloureux de toute mon existence.

Pendant ces quelques jours, pour échapper à l'angoisse de l'attente, j'allais me réfugier dans mon bureau, où j'écrivais les pages de *Cendrillon* consacrées à Margot. Le hasard avait voulu que j'en sois là de mon roman quand elle m'avait téléphoné pour m'annoncer qu'elle était malade. Ces mots d'amour qui sortaient du clavier comme des larmes, j'ai parfois frémi de les sentir comme une nécrologie, mais que faire d'autre ? Ces pages de *Cendrillon* sont pour moi comme le sortilège qu'éperdu j'ai lancé avec rage au visage du cancer.

Les examens ont révélé qu'il n'était pas inflammatoire

mais à évolution rapide, stade 4. Il a été décidé d'un protocole en trois temps, huit cures de chimiothérapie à partir du 5 janvier, une opération début juillet pour extraire ce qui subsisterait de la tumeur, enfin pendant deux mois une séance de rayons quotidienne.

Quoi de plus banal qu'un cancer du sein ? Mais c'est rien, de nos jours, un cancer du sein ! Toutes les femmes ont un cancer du sein ! J'ai prononcé et entendu ces phrases un nombre incalculable de fois, lancées vers elle pour la tranquilliser. Mais personne, à l'hôpital, bien entendu, ne peut tenir ce genre de propos. Les cancérologues ne peuvent pas dire que le cancer du sein est anodin. Rien n'est dit, jamais, pour rassurer le malade. Quand celui-ci, affaibli, mendie un mot encourageant, il ne l'obtient jamais. Il doit vivre avec cette hypothèse que la chimio sera peut-être inefficace.

J'ai vu réapparaître les symptômes de ces crises de panique que j'avais connus chez elle quand nous nous étions rencontrés. Je me suis dit que le pire n'était pas tant la maladie, dont s'occupaient désormais les médecins, que l'effroi, l'angoisse, une panique dévastatrice. J'avais peur qu'elle ne s'abandonne à son mal. Elle était déjà partie pour une croisière fatale dans les ténèbres. C'est contre ça, je l'ai compris, que nous devions lutter. Car cette croisière et le cancer dont elle ferait son océan nocturne pourraient fort bien nous engloutir.

Elle commençait à regretter que nous ayons fait un deuxième enfant. *Pourquoi tu dis ça ?* je l'interrogeais. Elle se mettait à pleurer. *Il est trop petit…* elle me répondait. *Trop petit… mais trop petit pour quoi ? Qu'est-ce que tu racontes ?* L'idée que morte elle laisse derrière elle un enfant de quatre ans lui était insupportable. Elle se sentait coupable d'avoir donné naissance à un enfant qu'elle allait devoir abandonner. Pour moi la question n'était déjà plus là, qu'elle vive ou qu'elle meure, car je m'étais convaincu qu'elle n'était plus en danger. *Tu ne vas pas mourir. Tu ne vas pas le laisser seul. Crois-moi. Tu vas vivre. Il va te voir vieillir ton enfant !* Je passais des heures à ses côtés à combattre ses démons mortifères.

Ma femme m'a demandé, début janvier, de terminer *Cendrillon* pour le printemps. Il me restait trop de pages à écrire, trop de scènes à mettre en place pour que cet objectif me paraisse réaliste. Mais elle avait besoin d'inscrire ses forces dans un combat conjoint : *Tu te bats avec ton roman, je me bats contre le cancer, on fait ça tous les deux, ensemble, côte à côte, l'un avec l'autre. Et en septembre je suis guérie et toi tu sors ton livre. Et après on passe à autre chose. J'en ai besoin. Écris. Termine. Sors* Cendrillon *en septembre.*

J'ai travaillé pendant trois mois dix ou douze heures par jour. Sans fatigue. Porté par un élan inouï. Rien ne pouvait m'arrêter. Elle m'a donné la force d'écrire. Je lui ai donné la force de guérir. Elle a été ma force et j'ai été la sienne. C'est l'expérience la plus hallucinante que j'aie jamais vécue. Moi au sixième étage de notre immeuble, dans une chambre de bonne, ma femme au quatrième, dans notre appartement, les enfants à l'école. J'ai écrit la moitié des six cents pages de *Cendrillon*, c'est-à-dire environ 600 000 signes, en d'autres termes quatre cents feuillets, en l'espace de trois mois.

Moi qui ai peur d'écrire, qui entretiens avec la création une relation intimidée, je me suis transformé en instrument sans état d'âme. Ma trajectoire de prédilection est devenue la rectiligne. Comme un couteau lancé vers sa cible. La peur de la mort a éradiqué les bouclettes et les itinéraires détournés. Il n'était pas question de buter, ne serait-ce qu'une seule journée, sur un obstacle technique. C'était devenu une question de vie ou de mort. Comme si ma femme avait été prise en otage contre un rendu ponctuel de manuscrit. Si j'étais redescendu un jour en lui disant, *Je n'y arrive pas, j'abandonne, c'est impossible d'écrire dans ces conditions,* j'aurais eu peur qu'on s'engage dans une voie périlleuse où nous accepterions de nous laisser dominer par les circonstances de la vie.

Nous n'avons jamais été aussi proches. Nous vivions en autarcie. Elle lisait chaque jour ce que j'écrivais. Elle s'habillait comme avant, avec la même élégance, la même recherche, sans le moindre laisser-aller, jamais, comme quand elle allait au travail, même pour rester chez elle. Nous déjeunions et nous buvions ensemble une tasse de thé vers dix-sept heures. Elle vieillissait de jour en jour. Elle me disait : *J'ai quatre-vingt-dix ans.* Elle s'arrêtait, pour reprendre son souffle, à chaque étage, longuement, comme les vieilles dames. Elle était de plus en plus fatiguée. Nous nous rendions rue du Faubourg-Montmartre acheter des pâtes de fruits, pour lui donner de l'énergie.

Pourquoi je raconte ça, ces choses si personnelles, par exhibitionnisme ? C'est qu'il se trouve forcément parmi les lecteurs de ces lignes des couples abasourdis par un cancer du sein découvert récemment, et qui ont peur, et qui sont désemparés, et qui peut-être ont besoin d'entendre ceci, c'est qu'il leur appartient d'en faire un moment fort, d'amour, de vérité, de beauté, d'exception. Ma femme avait reçu une lettre d'une connaissance professionnelle qui habitait à Londres. Elle avait eu un cancer du sein et lui disait qu'à présent elle allait bien. Et qu'elle gardait de cette période, avec son mari, une certaine nostalgie. Oui. Une certaine nostalgie. J'ai adoré cette phrase, qui peut paraître choquante ou déplacée, hérétique. Mais je la comprenais. Je savais que nous avions besoin de l'entendre.

Car par ailleurs on nous a dit, nous avons lu partout que l'épreuve serait atroce, qu'en général les couples se disloquaient, que ma femme se déliterait, qu'elle perdrait sa dignité, que tout désir disparaîtrait, que les amis s'éloigneraient, que nos enfants seraient traumatisés, que le quotidien deviendrait médical, déliquescent. Une sinistre unanimité. La maladie, même surmontée, détruirait tout sur son passage.

Il faudrait toujours se comporter, quelles que soient les circonstances, de manière à devenir nostalgiques. C'est-à-dire produire de la beauté. Quelles que soient les circonstances, coûte que coûte, objectif obsessionnel, produire de la beauté. Même avec un cancer. Surtout avec un cancer. La beauté du présent, d'être ensemble, de se battre, de s'aimer. L'intensité et la rareté. Le cancer peut être vécu comme quelque chose de positif. Son traitement ouvre une période pendant laquelle on chemine vers une libération.

L'amour et une proximité urgente, entière, incandescente, qui donne un prix inestimable à chaque instant. Une structure affective spectaculaire qui se révèle et qui soutient celui qui est malade, amis et collègues, voisins ou commerçants, de la manière la plus indéfectible. Ma femme recevait des SMS dont la lecture me faisait fondre en larmes. J'étais tellement terrorisé de la perdre que je passais de longues minutes, chaque soir, éperdu, à la serrer dans mes bras. Je devais la posséder, l'absorber, être en elle, qu'elle soit vivante. Ça passait par le corps. Ça devenait sexuel. En dépit de la perte des cheveux, des cils et des sourcils, qu'importe, on s'en fout, ce qui compte, on en prend conscience dans ce genre de situations, c'est la vérité profonde de l'autre et de la relation. J'ai compris que je pourrais l'aimer enlaidie, altérée, opérée. Je m'acclimatais à tout changement d'apparence. Je me suis mis à n'avoir plus peur de l'opération. J'embrassais ses paupières nues. De cela on ne peut se douter avant de le vivre. Et désormais je comprends qu'on peut avoir envie de faire l'amour avec sa femme qui a soixante-dix ans, chose inconcevable pour moi avant cette expérience. J'en ai parlé avec d'autres qui ont connu le même processus. Qui ont découvert en cours de route leurs réactions et des ressources insoupçonnables. Et c'est pourquoi je l'écris.

Ma femme a été opérée début juillet après six mois de chimio. Il ne restait de sa tumeur qu'une tête d'épingle presque invisible. *Cendrillon* est sorti fin août. Elle a recommencé à travailler début septembre. Ses cheveux ont repoussé. Désormais elle les porte court. Comme une nouvelle identité.

2

Comme Margot en avait émis le souhait quand elle avait appris, en décembre 2006, à la suite d'un examen, l'existence dans son sein gauche d'une tumeur cancéreuse grosse comme un abricot, la parution et le succès de *Cendrillon*, en septembre de l'année suivante, ont été comme la célébration non seulement de sa rémission, mais aussi de ce que l'on s'était proposé de vivre ensemble, et qui avait réussi : qu'elle combatte sa maladie pendant que moi je terminais mon livre, et qu'on le fasse ensemble, dans un effort conjoint et éperdu, ainsi que je l'avais raconté dans un texte paru en décembre 2007 dans un hebdomadaire (je devais écrire en six mille signes mon « journal de l'année »), et que vous venez juste de lire.

Maintenant que le roman, achevé et publié, loué par de nombreux articles de presse, figurait dans la liste des meilleures ventes, et que de son sein gauche adorablement conservé avait été extraite en juillet une tumeur devenue aussi minime qu'une tête d'épingle, une nouvelle vie s'ouvrait à nous : moi comme un écrivain un peu plus reconnu que je ne l'étais jusqu'alors, Margot comme une malade en voie de guérison, et nous deux comme un couple ayant triomphé dans l'amour d'une épreuve qui aurait pu le détruire.

La joie qui accompagne, après une dure épreuve, un heureux dénouement, et qui aurait éclos de toute façon à l'annonce de la rémission de Margot, se trouvait encore amplifiée par l'euphorie consécutive à la publication du livre, euphorie à laquelle nous nous trouvions tous deux exposés au même degré d'intensité, Margot s'enivrant du succès du roman au même titre et avec la même légitimité que si c'était elle qui l'avait écrit, tout comme moi je me sentais aussi heureux de sa rémission que si la tumeur avait été vaincue dans mon corps.

Ces deux événements contigus, succès et rémission, à jamais liés, rigoureusement indissociables, issus tous deux d'une source ou d'une matrice unique et prodigieuse, confondaient leur éclat dans le même embrasement de gaieté.

Nous vivions cette plénitude comme une sorte de récompense pour notre combat des derniers mois, et cette rétribution nous paraissait d'autant plus surnaturelle qu'elle nous était procurée par le monde extérieur, l'espace public, l'automne et les lumières dorées et commémoratrices des fins d'après-midi, je me souviens qu'il faisait beau.

Jean-Marc Roberts, mon éditeur, m'appelait plusieurs fois par jour pour m'annoncer de bonnes nouvelles. Les articles et les invitations à parler de mon roman dans les médias se multipliaient, celui-ci gagnait des places dans la liste des meilleures ventes, Jean-Marc Roberts intriguait tous azimuts et me racontait chaque matin par le menu, après m'avoir communiqué euphorique les chiffres de vente de la veille, ses stratégies sophistiquées.

Toutes les fois que me parvenait une bonne nouvelle, je téléphonais à Margot pour l'en informer.

Nous avions parfois le sentiment que l'ampleur prise par la situation allait peut-être nous dépasser, comme un mouvement de balancier qui à présent partait aussi loin dans la joie et l'insouciance qu'il était allé loin, quelque dix mois plus tôt, mais brièvement, dans la noirceur, et le morbide. Margot, si heureuse de n'être pas morte, convalescente et encore vulnérable, fragile, était soulevée de l'intérieur par la puissance de ce mouvement de balancier, dont l'énergie excédait largement la seule satisfaction de se voir accorder du bout des lèvres par son médecin de l'Institut Curie ce qu'il se refusait de nommer autrement qu'un répit, un répit dont nous ne pouvions qu'espérer, elle et moi, mais pas avant cinq ans, une guérison définitive (ce qu'on peut raisonnablement considérer comme une guérison définitive). Où ce mouvement de joie s'arrêterait-il ? Il aidait et soutenait Margot, je le sais. Il lui donnait la force de ne pas se laisser dominer par la hantise d'une récidive. Les médecins n'en excluaient nullement le risque, un risque non négligeable de surcroît, même après une chimiothérapie réussie, et une opération conservatoire.

Nous voulions vivre cette euphorie jusqu'à la dernière goutte, pour oublier la maladie. Pas celle que nous venions de surmonter, et au souvenir de laquelle nous nous étions d'une certaine façon attachés, parce que nous lui devions d'avoir connu l'un près de l'autre quelques moments sublimes, et aussi parce qu'en avait découlé ce dont nous étions en train de nous délecter, ce livre écrit pendant qu'elle se battait, et qui recevait la lumière. Mais la maladie en tant qu'elle pouvait resurgir et de nouveau nous menacer, et qu'on ne soit plus capables de la vaincre comme nous l'avions vaincue ces derniers mois, parce que la grâce ne peut pas se reproduire à volonté et qu'on ne vit pas deux fois une expérience miraculeuse de cette nature. Nous étions heureux. Nous connaissions le prix de la vie, le prix de l'amour, et de ce qui nous liait. Je n'ai jamais été aussi proche de Margot.

Entre l'annonce de sa maladie et décembre 2007, un an plus tard, je ne me suis pas accordé la moindre pause. Il avait fallu, pour terminer mon roman, générer une puissance de travail dont je ne me savais pas capable, et dont il me paraît d'ailleurs évident aujourd'hui que je ne l'aurais jamais découverte si cette nécessité vitale imposée par les circonstances ne m'y avait pas contraint, à tel point que sans cette injonction pour le moins impérieuse j'aurais sans doute terminé mon livre en dix-huit mois plutôt qu'en trois, qu'il en aurait été fort différent et certainement raté (parce qu'il se serait appesanti, je le sais, je me connais, et que la seule issue possible de ce livre tel qu'il avait été commencé était l'urgence et la vitesse intrinsèque de son écriture, donc de sa narration, et que je ne l'avais pas compris avant d'y être acculé par la vie ; c'est la maladie de Margot qui m'a permis de découvrir ce qu'il était vraiment, comment il devait être écrit, c'est-à-dire vite, très vite même, en accélérant le débit narratif à mesure que j'avançais, jusqu'à follement s'emballer et devenir par ce moyen une métaphore de notre monde lancé à tombeau ouvert vers sa perte, hors de tout contrôle, mais c'est un autre sujet). Bref, après avoir fourni cet effort brusque et intense j'ai répondu à de nombreuses sollicitations (principalement des commandes de textes et d'articles), sans prendre conscience que je ne m'étais jamais autorisé le moindre répit, le plus petit relâchement. J'étais resté tendu comme un arc. J'étais resté tendu comme un arc, dans l'héroïsme impératif de ma situation. J'avais été héroïque, oui, sans relâche, pour offrir à Margot le spectacle continuel de la confiance insubmersible et de la force, n'ayant pas même versé une larme, ayant toujours été auprès d'elle le plus vaillant et courageux possible, le plus constant, le plus solide, le plus rassurant, le moins sensible aux doutes, le plus à même de la convaincre qu'elle pouvait se reposer sur moi, la preuve, moi d'ordinaire si lent et laborieux dans l'élaboration de mes livres j'écrivais vingt ou trente pages par jour qu'elle lisait le soir avec incrédulité, éblouie par ma métamorphose, impressionnée par les trépidations si peu aléatoires ou fluctuantes de ce qui n'était rien d'autre qu'une éruption (aucune virgule n'en serait jamais modifiée, ces pages se déversaient de mon cerveau sur l'écran de l'ordinateur dans leur état quasi définitif, froidement, mécaniquement, à vitesse constante, telles qu'on peut les lire aujourd'hui en Livre de Poche), comme si cette dose quotidienne de lecture avait été la substance rare et opiacée qu'il me paraissait obligatoire de pouvoir lui injecter chaque soir en intraveineuse, en complément de la chimie aux effets secondaires dévastateurs reçue toutes les trois semaines à l'Institut Curie, pour l'aider à guérir. Ainsi entremêlais-je la contribution de ces injections littéraires aux efforts déployés par le corps médical pour remédier aux déficiences de son organisme, lequel avait fini par si mal tolérer la chimio, les cures se succédant, qu'il avait fallu la présence constante à ses abords d'une bassine en plastique rouge dont il m'arrivait d'aller déverser dans les toilettes le maigre et translucide contenu, produit infâme de sa souffrance, quand je descendais du sixième étage dans notre chambre. Oui, je m'efforçais de fabriquer chaque jour pour Margot, tel un chimiste concoctant clandestinement dans son grenier de la méthamphétamine, la beauté la plus pure et la plus irrécusable possible, afin de l'enchanter, de l'électriser.

Au printemps 2008, le 29 mai pour être précis, j'ai été invité aux Assises internationales du roman, festival organisé à Lyon par le journal *Le Monde* et la Villa Gillet, et dont c'était alors la deuxième édition. J'aime beaucoup ce festival. La thématique cette année-là était *Le roman, quelle invention !* et celle de la table ronde où j'intervenais, aux côtés de trois autres écrivains (une Française, un Italien et un Écossais), *Le roman puzzle*. Il convenait, c'était le principe établi pour chacune des tables rondes, d'écrire au préalable sur la thématique afférente un texte dont la durée de lecture, par l'écrivain lui-même, en préambule des débats, ne devait pas excéder six minutes.

Comme je devais participer, le 28 mai en début d'après-midi, à une rencontre publique à la médiathèque de Villeurbanne, et qu'avait lieu ce soir-là à Aix-en-Provence la première d'un spectacle de mon ami Angelin Preljocaj, j'ai décidé, pour ne pas avoir à endurer seul à Lyon ce temps vide angoissant avant ma très intimidante apparition aux Assises le lendemain soir à vingt et une heures, j'ai décidé qu'au sortir de la rencontre villeurbannaise je prendrais le train pour aller passer la soirée et la nuit à Aix-en-Provence, chez Angelin, et découvrir le deuxième épisode de son spectacle *Empty Moves* (j'en avais déjà vu deux fois le premier épisode, que j'adorais), chorégraphie dont la bande-son était l'enregistrement d'une performance chahutée de John Cage au Teatro Lirico de Milan en 1977.

Cette performance était une lecture par John Cage lui-même d'un texte d'Henry David Thoreau, lecture tellement roublarde et déstabilisante (maugréée, bruitée par de brutales onomatopées, trouée de longs silences) que le public s'était mis peu à peu à protester, à proférer en les hurlant des insultes et des insanités, à applaudir impulsivement et à siffler. Ces réprobations avaient été de plus en plus assourdissantes à mesure que la performance avait cheminé mais John Cage avait poursuivi sans faillir au milieu des huées sa lecture autistique et lugubre, l'effarante stylisation de son élocution semblant même puiser dans cette hostilité joviale et endiablée, à l'italienne, un regain d'audace, de haine narquoise, de détermination butée, presque vengeresse. C'est sur la captation sonore de cette tumultueuse soirée milanaise que dansent dans *Empty Moves* les quatre danseurs de Preljocaj. Les mouvements sophistiqués qu'ils enchaînent, autarciques pour ainsi dire, sont dans le même rapport d'impassibilité à la bande-son que l'était John Cage lui-même vis-à-vis des manifestations de mécontentement des spectateurs, l'abstraction de la chorégraphie se servant néanmoins avec humour des points d'appui offerts par la rythmique accidentée du document d'archive, cette subtile ironie de la danse laissant entendre qu'en réalité personne n'est dupe de cette parfaite et exultante complémentarité générale, ni John Cage à l'époque, ni le tonitruant public italien si heureux en réalité de pouvoir donner libre cours à sa fureur latine, ni aujourd'hui les danseurs de Preljocaj, ni le public du spectacle de Preljocaj en miroir de celui de John Cage exactement quarante ans plus tard, le tout dans un irrésistible et magistral télescopage de strates et transparences stylistiques et spatio-temporelles, comme si toutes ces dimensions se trouvaient condensées (incorporées) sur le même plan (dans la même sphère), celui du plaisir éprouvé à regarder ces quatre danseurs s'amuser avec grâce de ce présent refabriqué où nous sommes tous magiquement englobés, qu'on soit ou qu'on ait été, ici et ailleurs, à Milan ou à Paris, New York, Aix-en-Provence. C'est ce qui fonde la puissance d'intelligence et de détachement malicieux de cette pièce de Preljocaj, un chef-d'œuvre.

Départ le 28 mai de Lyon Part-Dieu à 17h37, arrivée à Marseille à 19h18, correspondance à 19h28 (il ne va pas falloir traîner entre les deux quais, ni que le train ait du retard, je croise les doigts), arrivée à Aix-en-Provence à 19h40, début du spectacle à 20h30 : parfait, je fais ça !

Empty Moves volet 2 au Pavillon Noir d'Aix-en-Provence le 28 mai 2008 se révèle tout aussi hypnotique et vertigineux que le 1, agissant sur le spectateur avec la même faculté de transfiguration psychique et corporelle qu'un psychotrope. La pièce est très bien accueillie. Les applaudissements sont nourris. Les spectateurs titubent vers la sortie.

Après le spectacle, un dîner est improvisé dans un restaurant du centre historique. Le patron nous a installés dehors, dans le jardin de l'établissement, de part et d'autre d'une table rectangulaire. Nous sommes une dizaine, principalement des collaborateurs d'Angelin mais aussi une amie à eux que je rencontrais pour la première fois, appelons-la Marie (le prénom a été changé, comme il est d'usage de le faire et de le spécifier dans les articles de journaux relatant les faits divers en cours d'instruction), une Aixoise dont j'avais déjà entendu parler par Angelin parce que son métier la mettait en étroite relation avec le Ballet et qu'elle avait été très malade. La dernière fois que sa personne avait été évoquée devant moi, c'était en 2005 lors d'une fête du Ballet et l'on m'avait confié qu'elle allait sans doute bientôt mourir, on la disait condamnée, c'est ce qui expliquait son absence remarquée à cette soirée aixoise. Son nom était ainsi resté lié pour moi à une maladie grave dont je savais qu'elle avait été atteinte, et si je n'avais plus entendu parler d'elle depuis, ou si je n'avais gardé aucun souvenir de la conversation qui m'avait peut-être informé, ultérieurement, qu'elle avait survécu, c'était qu'elle n'était pas non plus si proche d'Angelin et que je ne l'avais même jamais rencontrée (j'en avais en réalité tout à fait oublié l'existence), et voilà que l'on me plaçait à côté d'elle, à sa gauche, en nous présentant l'un à l'autre. En entendant la directrice du Ballet Preljocaj me dévoiler l'identité de cette femme, notre chère amie Marie X, dont on t'a souvent parlé, tout m'est revenu en mémoire. Je savais qui elle était, ce qu'elle avait traversé d'effroyable à un moment pas si lointain de son existence (un moment qui de surcroît se situait toujours à l'intérieur du fameux périmètre des cinq années au-delà duquel on peut commencer à imaginer qu'on va peut-être survivre sans rechuter), et elle était en face de moi, bien vivante, dans le jardin du restaurant, et nous nous sommes embrassés pour nous saluer, avant de nous asseoir l'un près de l'autre. Le corps de cette femme avait été le lieu d'une maladie impitoyable, terriblement dangereuse, bien plus dévastatrice que ne l'avait été le cancer du sein à évolution rapide affronté par Margot l'année précédente, en l'occurrence un cancer du pancréas d'une telle gravité qu'il paraissait impensable d'en réchapper. Les médecins lui avaient même annoncé un jour qu'elle n'en avait plus que pour six mois, avant d'être démentis bientôt par une inexplicable interruption du processus de prolifération des cellules cancéreuses, me raconterait Marie lors d'un nouveau séjour à Aix trois mois plus tard.

La jeune femme à côté de laquelle j'allais dîner était donc tout simplement une miraculée.

La soirée était joyeuse et agréable, drôle, intime, enlevée, très détendue, mais surtout, ce qui s'est produit, c'est que j'ai commencé à éprouver pour Marie une fascination, une attraction physique et j'allais dire métaphysique hors du commun.

Je me suis trouvé projeté dans une zone de mon cerveau que je ne connaissais pas.

Je n'emploie pas à dessein dès à présent le mot désir, qui serait fâcheusement réducteur. Certes, le physique de cette femme n'était pas sans attrait, mais cette seule séduction corporelle n'aurait pas été suffisante pour provoquer ce qui était en train de m'envahir.

Si Marie m'attirait à ce point, c'était parce que l'impact de sa présence avait à voir avec le sentiment de la vie, avec la conscience d'avoir à côté de soi une personne dont on se dit qu'elle est en vie – et la surprise que c'est de sentir cette conscience se manifester avec une telle évidence, avec une telle véracité, très au-delà du cliché ou de l'idée reçue, par l'entremise d'un être humain que l'on regarde comme on n'avait jamais jusqu'ici regardé ni perçu un être humain.

Ce n'était pas seulement une femme séduisante qui se trouvait assise à ma droite. C'était la vie, tout simplement la vie, la vie incarnée par le corps d'une femme qui parlait, qui bougeait, qui mangeait, qui souriait, qui écoutait, qui paraissait heureuse : un corps qui aurait dû ne plus exister et qui pourtant était bien là, faisant écho à ce que j'avais connu l'année précédente et même encore ces derniers mois – rien de tout cela n'avait été refermé, tout était resté en plan, ouvert, en chantier, non recousu, comme si Margot avait été sur le point de rechuter et que notre vie allait être de nouveau précipitée dans l'horreur, comme si l'arc tendu depuis maintenant un an et demi devait impérativement le rester pour un temps encore indéterminé, sans même que je le sache (ce n'est que le lendemain midi, comme je vais bientôt le raconter, que je prendrais conscience pour la première fois que l'arc était resté obstinément bandé, pour que Margot ne meure pas). Tout cela présent en moi d'une façon si éruptive qu'il n'y a plus eu aucune frontière de décence ou d'étiquette entre Marie et moi, nous nous sommes abouchés l'un à l'autre par l'attention que nous portions chacun aux phrases de l'autre (prétexte à s'examiner, à souligner et entretenir une connivence dont nous sentions qu'elle était plus profonde et fondamentale que ce dont il était question dans ces propos de surface que nous échangions), mais aussi par la proximité de nos deux corps qui se frôlaient, qui s'attiraient, qui s'attardaient parfois un bref instant l'un contre l'autre à l'insu de nos amis (mais peut-être cela crevait-il les yeux, je n'en sais rien et je m'en moque, je m'en moquais alors et je m'en moque encore aujourd'hui). On se comprenait. Je savais d'où elle parlait et regardait le monde. Je connaissais cet endroit par l'intermédiaire de Margot et du fait que j'y avais passé moi-même l'année précédente les six mois les plus radicaux de toute mon existence. J'étais si troublé que j'aurais pu, je crois, la regarder au fond des yeux et l'embrasser sans préambule devant tout le monde, toucher et vénérer avec mes lèvres, avec ma langue, la vie intime et si précieuse de son visage, aimer et rendre hommage à cette vie-là devenue pour moi si précieuse, la vie de son visage et de sa langue, de ses lèvres, Marie, mon amour. Il n'y aurait rien eu là d'incongru ou de déplacé, ni de trivial, ni de choquant, mais au contraire quelque chose de pur, de sacré, de religieux, peut-être est-ce ainsi qu'elle l'aurait elle-même compris et accepté, accueillant ce baiser sans résister, devant tout le monde, en plein dîner.

(Pourquoi ne fait-on pas ce genre de choses, quand la nécessité s'en présente ? On ne le fait pas, on n'ose pas, c'est dommage. C'eût été beau, de l'oser, ce baiser.)

Je ne pouvais plus détacher mes yeux de Marie. De son visage, de ses mains, de sa poitrine, de ses cheveux. De ses lèvres, de ses dents. De sa peau. De ses sourires. De ses regards d'où s'échappaient de discrètes lueurs d'approbation, d'être ainsi contemplée. Je bandais. J'avais envie d'elle. J'avais envie de prendre soin d'elle. Qu'il ne lui arrive plus rien, jamais plus, strictement rien, plus jamais. Qu'elle vive. Qu'elle vive longtemps, belle et heureuse, aimée, désirée. Je t'aime, Marie. Je ne t'abandonnerai pas. Il ne t'arrivera rien. Tu vas vivre. Crois-moi Marie, je suis là, ne t'inquiète pas, regarde-moi, tu vas vivre. J'étais tombé amoureux d'elle. Je pourrais dire aujourd'hui encore de quelle façon elle était habillée.

Marie rayonnait, elle était la seule autour de la table à ainsi rayonner, à émettre une telle lumière, et ce qui rayonnait, en elle, dans ses yeux, dans sa présence, dans ses gestes, sur son visage et dans les expressions de son visage, c'est qu'elle était en vie.

Je voyais bien qu'elle avait été très malade. Ses cils et ses cheveux s'étaient raréfiés, l'agressive corrosion des produits chimiques injectés à doses massives dans son organisme avait rendu sa peau aussi lisse et lustrée que le poli crémeux d'un galet de rivière, stigmates presque estompés mais que j'étais tout de même capable de détecter pour les avoir rencontrés chez Margot, rencontrés et aimés. Oui, aimés, j'utilise à dessein le verbe aimer, parce qu'il m'avait littéralement brisé le cœur de les voir altérer le corps de ma femme, et que je l'avais aimée sexuellement en dépit de ces stigmates, parce que je refusais qu'elle se sente rejetée à travers eux. Même, je désirais qu'elle se sente adorée à travers eux, en eux. Pendant le dîner, un sentiment d'une nature similaire avait fait que je m'étais rapproché de Marie pour être avec elle dans la plus grande proximité physique possible. Je voulais qu'elle se sente aimée de moi. Nous parlions et je voyais ou croyais voir sur son visage qu'elle avait été très malade et je ne l'en aimais que davantage, ce beau visage de survivante.

Une rousse piquante et délurée était assise en face de moi au charme de laquelle j'avais toujours été très sensible, ainsi m'étais-je réjoui que le hasard nous ait placés l'un devant l'autre, avant que le dîner ne commence. D'autres jeunes femmes étaient là également, sans doute plus jolies que ne l'était Marie, objectivement plus séduisantes, mais Marie les éclipsait toutes, y compris la séductrice épicée assise en face de moi, qui par comparaison m'a paru au bout d'un moment complètement éteinte, tout à fait commune et vaine, ennuyeuse, elle n'existait plus.

À mes yeux Marie était la seule personne autour de la table à être en vie. Les autres ne l'étaient pas, les autres étaient tous morts, et ils étaient tous morts de n'avoir pas frôlé la mort, et de n'être pas revenus à la vie, et de n'avoir jamais compris de l'intérieur ce que cela signifiait d'être en vie. Être revenue à la vie avait fait que Marie était vraiment en vie, vraiment vivante. Non pas seulement en vie mais *vivante*, c'est-à-dire *en vie dans sa vie*, et pas morte dans sa vie, et pas assoupie dans sa vie, et pas distraite et oublieuse de sa vie dans sa vie, comme le sont en réalité la plupart des gens et ce soir-là, lors de ce dîner, c'était flagrant.

Marie s'imposait dans cette assemblée par son intensité existentielle et je paraissais être le seul à m'en apercevoir. Je ne veux pas parler d'agitation, d'hystérie, de gaieté, au contraire : elle était plutôt statique, calme, silencieuse, pondérée, presque timide, mais elle témoignait d'un degré d'incandescence et de présence au monde bien supérieur aux autres.

Un trésor de délicatesse cette jeune femme à ma droite, aussi précaire qu'une fleur, à l'existence miraculeuse, et l'attirance que j'éprouvais pour elle n'était rien d'autre que le bonheur que je sentais se répandre en moi qu'elle soit toujours en vie, et le désir ardent qui m'avait envahi qu'elle le reste.

Je ne voulais pas qu'elle meure. Je ne voulais pas qu'elle retombe malade. J'étais en train de devenir fou. L'apparition de cette inconnue m'avait révélé qu'une rétention émotionnelle considérable, insoupçonnable la veille encore, s'était accumulée en moi durant la dernière année, confinant à la folie, une folie dans laquelle j'étais en train de m'enfoncer peu à peu sans le savoir (j'en ignorais encore l'existence) en croyant désirer cette amie d'Angelin qui avait été très malade. L'idée qu'elle puisse mourir m'était tout simplement intolérable, tout simplement intolérable, tout simplement intolérable : dans ce refus circulaire prenait racine le désir que j'avais d'elle et qui allait en s'accélérant à mesure que les heures s'écoulaient. J'étais en train de devenir fou, en plein dîner, devant mes amis, à côté de cette jeune femme, mais je ne le savais pas. Imaginer Marie récidivant, Marie souffrant et finissant par en mourir faisait bouger en moi quelque chose d'inconsolable dont je commençais tout juste à entrevoir l'énigmatique et menaçante présence (mais sans être capable de mettre aucun nom dessus, ni d'anticiper ce que cette chose en moi allait pouvoir devenir, si je fais abstraction de sa traduction immédiate : *j'avais envie de faire l'amour avec Marie*, mais même ça je sentais que cela me renvoyait à autre chose) et qui dès le lendemain à l'heure du déjeuner, sur les hauteurs de Lyon, entrerait en éruption, me faisant basculer dans un gouffre.

Je savais qu'il ne se passerait rien entre elle et moi, c'était inimaginable compte tenu des circonstances et ce n'était pas grave, cela ne se jouait pas là, vous l'aurez compris. C'était même encore plus beau de désirer cette femme à ce point (comme il ne m'était pas arrivé de désirer une inconnue depuis longtemps), et de la désirer pour les raisons précises que je viens d'évoquer, ou plus exactement pour cet alliage des ingrédients inattendus qui entraient dans la constitution de cette singulière attraction, et de ne pas pouvoir réaliser ce désir, qu'il en reste au stade de la stupeur, de l'émotion pure, du foudroiement métaphysique. Car cette subite attraction n'a rien été d'autre qu'une mémorable épiphanie, ce qu'est rarement le désir quand pendant un dîner on a envie d'emmener une femme avec soi pour la nuit.

Mais surtout, et il est capital pour moi de le préciser, et c'est pourquoi je peux raconter ici ce dîner, c'était la peur de perdre Margot que répercutait en moi la précarité supposée de Marie, c'était Margot que je désirais et avec qui j'avais envie de faire l'amour quand ce soir-là je désirais Marie, c'était le souvenir de l'amour que nous nous étions donné, physiquement, sexuellement, elle et moi, afin que la vie ne s'éteigne pas, quand elle avait été malade et dégradée par la chimio, que faisait remonter en moi la présence irradiante de cette femme. C'était la vie que je voulais maintenir en vie en voulant aimer Marie. C'était toutes les femmes malades du monde et qui luttaient pour ne pas mourir que je voulais aimer et aider à vivre. Que la maladie n'existe plus et qu'aucun être aimé ne succombe plus d'aucune maladie grave et incurable. C'est depuis l'intérieur de cette puissante émotion que je regardais et désirais Marie.

Après le dîner, une fois chez Angelin et Valérie et réfugié pour la nuit dans la mansarde où à l'époque ils logeaient leurs amis en visite, je me suis caressé en imaginant que Marie et moi faisions l'amour, je visualisais le corps de Marie, il était beau, il m'excitait, je la prenais, on s'embrassait... après quoi je me suis endormi.

Je ne me rappelle plus pour quelle raison j'ai quitté Aix-en-Provence tôt le lendemain matin, toujours est-il que l'image suivante, plan de coupe autoritaire imposé par ma mémoire déficiente, me montre installé pour déjeuner à la terrasse d'un café des hauteurs de Lyon, un déjeuner tardif, vers quatorze ou quinze heures, sans beaucoup de clients et de consommateurs alentour. J'avais fait une belle promenade et c'est au terme d'une assez rude ascension que j'étais parvenu à la brasserie où j'allais finalement me sustenter, je commençais à avoir faim.

Après avoir commandé une salade et un Perrier rondelle à la serveuse qui était venue me voir, j'ai téléphoné à Margot pour lui raconter ma soirée. Elle m'a demandé si j'allais bien, j'avais une petite voix. Je lui ai dit que j'étais intimidé par ce qui m'attendait à vingt et une heures. Parler de mon travail et de littérature devant quatre ou cinq cents personnes qui avaient acheté un ticket pour venir écouter des écrivains m'impressionnait énormément, j'avais peur, je voulais rentrer à Paris. Margot m'a répondu qu'il ne fallait pas m'inquiéter, je ne serais pas seul à cette table ronde, elle ne se faisait aucun souci pour moi, en plus le texte que j'avais écrit était très beau, elle était sûre que je m'en sortirais parfaitement bien. À la suite de quoi j'ai fini par lui dire qu'il n'y avait pas que mon anxiété des Assises qui expliquait ma petite voix, la veille à Aix après le spectacle il y avait eu un dîner et pendant ce dîner j'avais beaucoup pensé à elle car j'avais été placé à côté d'une femme qui avait été très malade, un cancer qui aurait dû lui être fatal mais dont elle avait réchappé. Et elle était rayonnante de vie, c'était la personne la plus vivante hier soir autour de la table, tu ne peux pas savoir à quel point la voir aussi vivante alors qu'elle aurait dû être morte m'a ému… j'ai pensé à toi hier soir, toi aussi tu es vivante, tu as guéri de ton cancer, je suis tellement heureux que tu sois vivante… je me suis dit hier soir Margot que c'était si beau et merveilleux que tu sois vivante (j'ai prononcé cette dernière phrase avec de l'émotion dans la voix, mais en essayant de la dissimuler ; je la trouvais conventionnelle, j'en avais honte ; je dis à ma femme que je suis heureux qu'elle ne soit pas morte et un début de pleurs apparaît dans ma voix pour l'étrangler, pitié, c'est trop facile)… c'est bizarre ce qui s'est passé hier soir, je ne comprends pas… J'étais heureux que cette femme soit vivante, heureux, heureux, tu ne peux pas savoir à quel point, c'est difficile à expliquer, je ne sais pas comment t'expliquer ça. Alors que je ne la connais pas, tu vois, cette femme, je devrais m'en foutre !… mais elle était si rayonnante, comment dire… d'être en vie. Voilà. D'être en vie, juste ça… rayonnante d'être en vie. C'est peut-être ça qui m'a bouleversé chez cette femme, elle sait qu'elle peut bientôt mourir et le savoir fait qu'elle est plus intense que quiconque. Tous les autres hier soir ne se rendaient pas compte qu'ils étaient en vie et que c'est une chose inouïe d'être en vie, une chose à laquelle on devrait penser… pardon… à laquelle on devrait penser… excuse-moi. (Pause. J'entends Margot me demander ce qui m'arrive, ce qui se passe, mais je ne veux pas répondre maintenant à cette question que je sais être la seule cruciale.) Alors que c'est une chose à laquelle on devrait penser à chaque seconde de son existence, tu ne crois pas ? C'est ça qui m'a frappé chez cette femme je crois, elle est en vie et elle le sait, elle m'a donné le sentiment d'avoir conscience qu'elle est en vie… et ça m'a bouleversé… et ça me bouleverse encore à un point que tu ne peux pas… que tu… et c'est… c'est peut-être justement parce qu'elle va… qu'elle le… (Silence. Ça montait à grande vitesse et avec une puissance que je sentais cataclysmique. J'ai respiré à fond. J'ai regardé au loin en essayant de penser à autre chose, à une roue de bicyclette. J'avais peur qu'au mot suivant tout explose.) Oui ? Tu disais ? Et c'est peut-être qu'elle va ? qu'elle le ? m'a demandé Margot qui sentait qu'il était en train de se passer quelque chose qui n'était pas anodin. (Silence. Longue inspiration. Je commençais à ne plus voir Lyon en contrebas, perdue dans un début de buée.) Qu'est-ce que tu veux me dire, Éric, au sujet de cette amie d'Angelin et Valérie ? Non, rien, c'est bon, parlons d'autre chose, ça va passer. J'ai cette putain de… (pause, inspiration, surtout bloquer ce qui est en train de monter, surtout bloquer ce qui est en train de monter et qui va tout emporter, je le sens, je le sais)… j'ai cette… cette putain de rencontre aux Assises ce soir qui m'angoisse, je ne vais pas… tu vois… je ne vais pas commencer *en plus* à me mettre à… Non, tu me dis, on en parle, on s'en tape des Assises, qu'est-ce que tu voulais me dire au sujet de cette amie d'Angelin et Valérie ? (Silence.) *C'est peut-être qu'elle va quoi ?* Je veux qu'elle vive, ai-je répondu. Et toi aussi Margot je veux que tu vives. Toi non plus tu ne peux pas mourir, tu ne vas pas mourir, je ne veux pas que tu meures. Tu vas vivre, vous allez vivre. Toutes les deux vous allez vivre, je le veux.

Et c'est à cet instant que tout a volé en éclats, les pleurs dont je contenais depuis quelques minutes avec le plus grand mal le surgissement impétueux ont explosé avec fracas dans ma phrase tandis que je disais à Margot le désir que j'avais eu, la veille, que cette jeune femme ne meure pas, qu'elle vive. J'ai dit à Margot en pleurant que les cures de chimio avaient laissé sur le corps de cette femme les mêmes traces presque imperceptibles que chez elle et elle ne pouvait pas savoir à quel point cela m'avait déchiré le cœur de me dire que des femmes aussi délicates qu'elles deux en soient réduites à devoir endurer des choses aussi atroces que ces massives injections de produits chimiques, j'ai repensé à ce qu'on a vécu l'année dernière, ça m'a tellement ému, je ne veux plus, je ne veux plus qu'on vive ça de nouveau (mes pleurs redoublaient d'abondance à mesure que je parlais)... je ne veux plus que tu revives ça Margot, je ne veux plus que tu perdes tes cheveux de nouveau, je ne veux plus qu'ils te restent entre les mains par poignées entières sous la douche... je ne veux plus que tu aies peur, je ne veux plus te voir terrifiée, je ne veux plus te voir pleurer à l'idée que ton petit garçon perde sa maman, je t'aime, c'est trop horrible, je ne veux plus te voir rentrer à la maison dévastée parce que la chirurgienne de Curie t'a dit, à brûle-pourpoint, froidement, sans précaution, son stylo à la main, pour pouvoir cocher une case sur un formulaire administratif, *si finalement on doit vous retirer le sein, vous voulez qu'on vous retire les deux ?* Je ne veux plus de cette brutalité inhumaine, je ne veux pas que cette amie d'Angelin revive ça elle non plus, quelle saloperie cette maladie... putain, merde, quelle saloperie, quelle saloperie... ah là là, putain, merde, qu'est-ce qui m'arrive aujourd'hui, qu'est-ce qui se passe... pardon, excuse-moi, c'est nul... Mais elle ne va pas mourir, enfin, Éric ! me disait Margot, pourquoi veux-tu qu'elle meure ? (Je pleurais, je pleurais de plus en plus sans pouvoir m'arrêter.) Elle est guérie ! Tu me l'as dit toi-même, elle était rayonnante de vie, hier soir, enfin ! C'était quand sa maladie, il y a longtemps ? (Pleurs redoublés, gémissements.) Éric, elle a été malade quand, cette femme ? il y a longtemps ? Pardon, qu'est-ce que tu as dit mon amour ? je n'ai pas compris, tu parles bas, répète, me demandait Margot... Il m'était impossible de prononcer la moindre phrase, les sanglots se succédaient avec de plus en plus d'ampleur, je commençais à comprendre qu'il y en aurait pour des heures et surtout qu'il me fallait en assumer la lancinante nécessité sans essayer de m'y soustraire, de les contenir, sans essayer non plus de minorer l'affliction que leur déferlement était en train de me révéler (lequel déferlement n'était rien de moins que la manifestation on ne peut plus véridique et alarmante de mon état réel), je n'avais même aucune autre envie que celle de m'abandonner sans retenue à ces sanglots tempétueux, de leur obéir, de les laisser faire de moi leur créature déchue et désarticulée, poupée pantelante roulée dans leurs remous de larmes, de bave épaisse, de soupirs saccadés. Éric, je suis là, qu'est-ce qui t'arrive mon chou, réponds, arrête de pleurer, pourquoi tu pleures ? Bien sûr que je suis guérie ! Bien sûr que je suis guérie enfin ! je ne vais pas mourir ! Éric, je ne vais pas mourir, arrête de pleurer ! et cette femme aussi elle est guérie ! elle ne va pas mourir non plus, je t'assure ! Crois-moi ! Mais pas du tout, on n'en sait rien ! suis-je parvenu à articuler, dans l'abondance pâteuse de ma salive salée de larmes, on n'en sait... on n'en... on n'en sait rien du tout ! Dans deux ans elle sera peut-être morte ! C'est insu... c'est... c'est insupportable comme idée ! Elle était malade quand, cette femme ? tu le sais ? Éric, réponds-moi, dis quelque chose, je ne t'entends plus, allô, allô ! dis quelque chose !... Je ne pouvais plus parler mais en revanche ma voix se laissait entendre comme celle des enfants qui gémissent quand ils pleurent, elle se matérialisait au milieu des éléments liquides comme la silhouette d'un surfeur épousant avec délices la trajectoire d'une vague majestueuse, jusqu'au moment où cette dernière s'écrase et où s'achève, sous les flots effondrés qui l'engloutissent, la brève séquence de glisse et d'abandon suave à la puissance magnifique du rouleau. Je m'abandonnais avec délectation à la puissance magnifique de mes pleurs, comme si des heures de houle avaient été entreposées clandestinement ces derniers mois dans les profondeurs de mon être et que les libérer était la seule chose que je pouvais faire en ce jour, peut-être aussi la plus douce. Des larmes continuelles se déversaient sur mes vêtements, dans ma salade, dans la serviette détrempée avec laquelle je m'essuyais les yeux, le visage. Je pensais à Marie, je pensais à Margot, je pensais à la précarité de ces deux femmes qualifiées par leur médecin de *sursitaires*, ni plus ni moins que strictement *sursitaires*, *en répit*, à la merci d'une récidive virtuellement imminente et cette fois-ci probablement fatale. Je ne cessais de revoir le visage de Marie et mes pleurs redoublaient de l'imaginer refléter une mauvaise nouvelle transmise un matin par son médecin dans son hideux bureau à l'hôpital, il m'était tout simplement intolérable de me représenter Marie si rayonnante accuser dans son humaine fragilité de *sursitaire* le diagnostic irrécusable de *récidive*, mon esprit se représentait le visage de Marie tel qu'admiré la veille lors du dîner répercuter l'horreur de ce verdict impitoyable et c'était au-dessus de mes forces et mes sanglots devenaient râles et gémissements d'animal, d'agonie. Plus les minutes passaient et plus le phénomène lacrymal qui avait pris possession de ma personne s'accentuait, face à Margot bouleversée impuissante à consoler son homme, par téléphone, à quatre cents kilomètres de distance. Il est bien sûr inutile de préciser que visualiser le visage de Marie répercutant sur mon esprit l'effroi scandaleusement injuste et révoltant d'une infortune aussi définitive qu'une récidive de son cancer du pancréas me conduisait à affronter enfin, même si c'était par l'entremise d'une autre femme, d'un substitut, cette peur obstinément refoulée, évacuée depuis des mois, je le découvrais seulement maintenant : *la peur d'une récidive du cancer de Margot...* et peut-être même la peur que j'avais eue, en décembre 2006, incommensurable, instantanément oblitérée elle aussi pour être capable de faire face à la situation et d'aider Margot à l'affronter avec courage et pouvoir écrire mon livre le plus sereinement possible : *la peur que Margot, l'amour de ma vie, puisse mourir, vraiment mourir, disparaître de ma vie*, situation dont j'avais pris grand soin à l'époque de ne pas prendre toute la mesure des dangers indicibles qu'elle supposait – et il m'apparaissait aujourd'hui que je n'avais jamais regardé en face le risque affreux de cette réalité (de la même façon qu'on ne regarde pas le soleil dans les yeux) et je payais au prix fort ce réflexe salutaire que j'avais eu, pour pouvoir aider Margot, de ne prendre aucunement au sérieux les dangers de son cancer du sein, de les avoir évacués avec autorité plutôt que de m'abîmer dans la conscience de ce que pourrait représenter pour moi la mort de ma femme – mort à laquelle je crois pouvoir dire que je n'ai jamais réellement songé, n'ayant pas même immobilisé cette éventualité par la pensée plus de quelques secondes (des secondes dont je me souviens qu'elles étaient d'horreur pure, glaçantes), jamais, absolument jamais. Et c'est un an et demi plus tard, le 29 mai 2008 en début d'après-midi, sur les hauteurs de Lyon, à quelques heures de mon apparition aux Assises internationales du roman, qu'aura enfin été percée cette bulle de protection et d'inconscience où je m'étais réfugié non pas pour fuir lâchement la maladie, mais au contraire pour l'affronter efficacement, ce qui s'était révélé être le meilleur calcul possible, en définitive, certes, n'était la question de ce que j'avais mis de côté comme terreur, comme tristesse, comme lucidité non vécues, écartées de mon champ de conscience si je puis dire.

J'ai pleuré sans interruption jusqu'à environ dix-neuf heures, en majeure partie sur la terrasse de cette brasserie où j'avais choisi de déjeuner (et où j'avais fini par avaler ma salade, sans faim, pour ne pas tomber d'étourdissement sur la scène de la grande salle des Subsistances où devait se tenir ma table ronde).

La serveuse est venue me voir à plusieurs reprises, désemparée et attendrie par ce chagrin insatiable, voulant s'assurer que je n'avais besoin de rien (je percevais touché son désarroi, son impuissance émue), mais avec le souci constant de ne pas se montrer importune. Elle me tendait de temps en temps des serviettes en papier supplémentaires, et remportait les boules mouillées de larmes qui s'étaient accumulées sur ma table, avec un doux sourire et un mot délicat pour savoir si je désirais autre chose, alors je lui demandais un nouvel expresso. Je sanglotais sous ses yeux sans pudeur particulière (en me dissimulant à peine, évitant néanmoins de croiser les regards des autres consommateurs), avec un naturel qu'elle devait juger déconcertant, et qui peut-être la bouleversait. À un moment en repartant vers la salle elle a même posé une main sur mon épaule, très brièvement, comme une caresse de réconfort, geste osé et presque inconvenant de la part d'une serveuse de restaurant, produisant sur moi pour cette raison l'effet opposé à celui qu'on peut imaginer qu'il visait : mes pleurs ont redoublé devant cette marque d'humanité, je ne voulais pas qu'elle meure elle non plus cette gentille petite serveuse, je voulais qu'elle reste en vie elle aussi, il s'en est fallu de peu que je la rappelle pour lui dire que je l'aimais, pour la serrer longuement dans mes bras et lui demander si elle allait bien, la prier de prendre soin d'elle, de faire des mammographies régulières, et qu'elle m'appelle si par malheur elle tombait malade, je m'occuperais d'elle, je l'aimerais de tout mon cœur pendant sa maladie, elle survivrait, etc.

J'étais dans un piteux état.

J'aurais pu pleurer comme ça encore des heures, toute la nuit, jusqu'au lendemain matin (j'en sentais largement la ressource en moi, et l'envie, l'envie profonde), si je n'avais pas décidé qu'il fallait que ça s'arrête, afin de pouvoir me présenter aux Assises dans un état convenable, physiquement aussi bien qu'émotionnellement.

Dans l'ascenseur de mon hôtel, j'ai croisé un écrivain que je connaissais vaguement (je ne sais plus qui, une femme) et qui m'a fait une remarque désinvolte à prétention humoristique typiquement *new-yorkaise* sur la drôle de tête qu'elle me voyait, me souhaitant bon courage pour ma table ronde de ce soir ! – remarque qui n'a fait qu'éclairer le gouffre qui me séparait du monde extérieur, j'ai alors entrevu la soirée qui s'annonçait comme absurde et impossible à vivre, *irrejoignable*, il ne faisait aucun doute que seule ma présence visible monterait sur scène, mannequin et pure enveloppe corporelle évidée de toute substance intellectuelle, gonflée et imbibée de larmes, de sanglots, d'émotion – de rien d'autre – et j'ai répondu à cette femme abruptement, détaché de tout, moi d'habitude si précautionneux et craintif dans les relations sociales : *Mais justement, je ne sais pas encore si j'irai, figurez-vous*, avant d'appuyer sur le bouton fermeture de porte, au bord des larmes.

J'avais cessé de pleurer mais des sanglots à blanc, sans munitions lacrymales, retentissaient dans ma poitrine comme des secousses de carabine à air comprimé et je dois dire que je trouvais jouissive cette redescente graduelle, cet état suspendu et doucement déclinant.

L'image d'après me montre assis derrière une table en

compagnie des autres écrivains, face à une pente abrupte de bustes plongée dans les ténèbres, ébloui par la lumière des projecteurs. À cause de cette lumière aveuglante, frontale et en même temps baveuse, un peu sale, brumeuse, on ne pouvait percevoir du public, à contre-jour, qu'une masse sombre et démesurée, presque verticale. Ainsi je devrais parler à du noir, comme un comédien de théâtre, avec dans les yeux cette lumière intrusive, injonctive, inopportune, en provenance des projecteurs directionnels fixés au sommet de la salle, dans les lointains de son obscure profondeur ?

Si le public avait été visible, la possibilité de me connecter à lui par le regard m'aurait relié à l'humanité, donc à ce qu'on réclamait de moi : m'adresser à des personnes réelles venues aux Subsistances pour entendre des écrivains, et je me serais raccroché à deux ou trois visages cléments pour me sortir de l'isolement cotonneux, délicieusement régressif, presque somnolent, toujours un peu hoqueteux, où j'avais été enfoncé par mes pleurs (comme on enfonce un objet dans du sable pour le faire disparaître, c'est ça, mes sanglots m'avaient enfoui dans le sable de mon monde intérieur). Mais là, face à ce public dissimulé dans l'obscurité et pour cette raison *pressenti* par moi en cet instant comme un public critique et tracassier, prêt à bondir sur moi et à me dépecer, c'était comme si j'avais été propulsé dans une situation inventée de toutes pièces par ma propre affliction : c'était sensoriellement une configuration irréelle, à laquelle je ne pouvais croire tout à fait, paradoxale, à la fois spectrale et aiguë, lointaine et menaçante, abstraite et carnassière, impassible et susceptible de se métamorphoser en péril imminent d'une seconde à l'autre – du noir devenant mâchoire. Dans l'état de déliquescence où je me trouvais, et compte tenu de l'absolu silence qui s'était fait en moi, et aussi de ma parfaite immobilité intérieure, émotionnelle (qui restait en réalité très précaire : l'immobilité du funambule qui reprend ses esprits après avoir perdu brièvement l'équilibre, un funambule qui de surcroît n'en a plus rien à faire de tomber, déjà mort pour ainsi dire), me trouver à cette table de conférence devant la présence invisible de cette audience considérable et silencieuse était la chose la plus bizarre, dangereuse, inconcevable et décalée qui soit, j'étais seul avec moi-même face à ce qui, dans le fond, m'avait fait pleurer toute l'après-midi : l'inconnu possiblement funeste de tout avenir humain, comme si en somme ce public caché dans le noir derrière cette projection et ces crachats de lumière blanche était ce qu'on peut redouter de son avenir mais sans pouvoir naturellement le distinguer, l'anticiper, une peur vague quoi, vague et immanente, la conscience de la mort qui rôde et qui peut survenir à tout moment sous la forme d'un accident mais plus spécifiquement ce soir-là sous la forme d'une mauvaise nouvelle annoncée un matin par un médecin en blouse pastel dans son hideux bureau à l'hôpital, j'ai une mauvaise nouvelle pour vous Marie, je suis désolé, vos analyses ne sont pas bonnes… et voilà que j'ai de nouveau envie de pleurer alors que le médiateur est en train d'introduire la thématique de la soirée, l'identité et la biographie succincte des intervenants, j'entends soudain qu'on prononce mon nom et je crois comprendre au visage du médiateur orienté vers le mien qu'il m'invite à sourire à la salle, comme l'ont fait avant moi les autres participants une fois leur pedigree décliné. Donc je souris à la salle, dont je me rappelle m'être alors demandé si le tissu cellulaire était cancéreux, si ces soupçons ombreux de bustes étaient des cellules saines ou bien des métastases, d'ailleurs l'image que j'avais sous les yeux n'était pas sans parenté avec un cliché d'IRM, ou une radiographie : du noir, du gris, une transparence lactescente, des masses et des reliefs lunaires que l'on devine, un voile gazeux de lumière blanche.

Le médiateur avait proposé à l'écrivain écossais de lire son texte en premier, il le lisait en anglais mais nous étions équipés d'un casque qui nous permettait d'en obtenir la traduction simultanée. J'avais posé le casque sur mes oreilles et écoutais perdu dans mes rêveries la voix anachronique, si truffaldienne, de l'interprète aux inflexions hypersixties, me demandant combien de temps il me restait encore à endurer de cette lugubre épreuve (alors même qu'elle venait tout juste de commencer), je me suis dit alors qu'en fait c'était nous (nous les écrivains) qui étions les prélèvements cancéreux à analyser, je me sentais comme aplati entre les deux lamelles de verre d'un microscope (dans le liquide de mes sanglots), sur la paillasse éblouissante de blancheur d'un sévère anatomopathologiste – et le public tapi dans l'ombre n'était rien d'autre que la puissante lentille, la redoutable optique d'un appareil à très fort grossissement pour lequel la matière ne pouvait receler aucun secret, qui voyait tout et qui était en train de grossir démesurément et de visualiser en gros plan la douleur manifeste de mon âme. Peut-être le public était-il en train de se délecter de mon mal-être, de ma tristesse, de mes cellules détraquées d'artiste en perdition ? La voix hypersixties de l'interprète aux longs cheveux châtains (ainsi me la représentais-je : j'imaginais Claude Jade bien sûr, maigre consolation) continuait de déverser dans mes oreilles, via le casque, un duplicata francophone du texte interminable de l'Écossais, lequel, je m'en avisais seulement maintenant, déportant mon regard sur la droite et vers le bas (sous le regard perçant et scrutateur de la puissante lentille grossissante du public tapi dans l'ombre), lequel écrivain écossais, mon Dieu, décidément quel cauchemar cette soirée, en fait je ne suis pas en train de la vivre, elle n'existe pas, je la rêve... je suis mort... lequel écrivain écossais, disais-je, portait un bas de survêtement en satin noir usé et maculé de vagues dépôts blanchâtres (du sperme ? du plâtre ? il avait refait sa salle de bains dans ce même bas de survêtement qu'il arborait ce soir aux Assises internationales du roman ? ou s'était-il branlé avant de venir, comme moi la veille dans la mansarde aixoise de mes amis ?), un bas de survêtement en satin noir porté avec des mocassins en cuir marron, non, je ne rêve pas, il a osé : *un bas de survêtement en satin noir porté avec des mocassins en cuir marron*, j'ai aussitôt levé les yeux sur son torse (il lisait son texte avec gravité, comme si venait de lui être remis le prix Nobel de littérature) et j'ai vu qu'il portait une chemise de bureaucrate de la City sous un pull vert en laine à fermeture éclair, j'ai, sous le regard supposé scrutateur du public, tourné la tête de l'autre côté et mes yeux se sont arrêtés un instant sur le visage radieux de la belle et pimpante écrivaine française, dont j'observais que la présence de prospère femme de lettres se dilatait de minute en minute sous les feux des projecteurs (une vraie fougère), elle avait visiblement l'intention d'anéantir la table ronde sous ses assauts d'intelligence et de charme, d'humour, de profondeur philosophique, d'érudition… tant mieux, tant mieux… le plus elle parlera, le mieux je me porterai… j'ai néanmoins sorti en catimini de la poche droite de ma veste une plaquette de Xanax et j'en ai avalé un grain… puis immédiatement un deuxième, je me sentais de plus en plus mal… le public invisible avait-il vu que je venais de glisser dans ma bouche un comprimé microscopique, rose, oblong ?… et puis un autre tout de suite après ?… que pouvait être cette toute petite chose que l'écrivain français au milieu de la table venait de discrètement porter entre ses lèvres ? de la drogue ? de la menthe ? un anxiolytique ? (il n'a pas l'air follement en forme d'ailleurs cet écrivain, il ne se prend pas pour de la merde celui-là avec ses grands airs absents et éthérés, genre héros stendhalien qui va bientôt s'évanouir… on a l'impression qu'il s'emmerde, encore un qui n'a pas usurpé sa réputation de snob… alors qu'elle par contre tu as vu ça elle est tellement belle et pétillante, généreuse… regarde comme elle a l'air heureuse d'être là, c'est toute la différence avec ce pitoyable phénomène de mode…) l'écrivain écossais était toujours en train de délivrer sa parole, on nous avait pourtant demandé d'écrire un texte dont la lecture ne devait pas excéder six minutes et voilà qu'il lisait, lui, l'Écossais, depuis au moins un quart d'heure… il y a des gens comme ça il faut toujours qu'ils prennent leurs aises, qu'ils se considèrent comme tellement légitimes et attendus (spécialement les anglophones) qu'ils établissent tout de suite un royaume là où on leur a seulement demandé de faire une brève apparition… calme-toi Éric, arrête de détester comme ça tes congénères, ça va finir par se voir, c'est insupportable, c'est pour ça qu'on t'attaque tout le temps... que tu es seul... que les autres écrivains t'évitent... aime-le cet Écossais... sois tolérant... tu t'en fous de ses mocassins en cuir marron pas assortis du tout (ah mais pas du tout !) à son piteux pantalon de survêtement en satin noir... après tout lui aussi il sera peut-être atteint d'un cancer du pancréas l'année prochaine et tu l'aimeras, une impulsion compatissante de ton propre cœur brisé te précipitera jusque chez lui en Écosse et tu le serreras dans tes bras avec une ferveur aussi sincère que celle avec laquelle tu courrais étreindre la belle et déchirante Marie si son cancer devait récidiver (les larmes te montent de nouveau aux yeux, ça y est, ça y est... tu vas éclater en sanglots aux Assises... devant cinq cents personnes... arrête de penser à Marie Éric, arrête de penser à Marie, arrête de penser à Marie, laboure-toi le pouce avec l'ongle, arrête de penser à cette femme sinon tu vas pleurer, c'est sûr... pense aux mocassins de l'Écossais, pose tes yeux sur les mocassins marron de l'Écossais, voilà, comme ça, et concentre-toi sur eux...), tu feras peut-être le voyage à Édimbourg et tu l'assisteras dans ses derniers instants, tu l'aimeras, oui, tu l'aimeras, pas comme ce soir, il portera toute la journée son pantalon de survêtement mais quoi de plus normal en définitive ? *que porter d'autre qu'un pantalon de survêtement dans une chambre d'hôpital quand on est en phase terminale d'un cancer du pancréas ?*... tu l'accompagneras dans les jardins de l'hôpital public d'Édimbourg et il enfilera ses mocassins marron pour la promenade, quoi de plus normal, en phase terminale d'un cancer du pancréas, que de ne pas se préoccuper de démêler si des mocassins en cuir marron peuvent se porter avec un pantalon de survêtement en satin noir ?… ah, je crois que le médiateur est en train de s'adresser à moi, il me semble que j'ai entendu mon nom, je détourne mes yeux des mocassins marron de l'Écossais, retenant toujours mes larmes, concentré que j'étais sur le vieux cuir marron des mocassins de l'Écossais pour éviter que les larmes ne se déversent sur mes papiers, et j'oriente enfin mon visage vers celui du médiateur qui, oui, c'est bien ça, c'est bien ce qu'il m'avait semblé, me répète que c'est à moi de lire mon texte… ah, pardon, excusez-moi, oui oui, j'y vais, je lis, dis-je au médiateur en bégayant (celui-ci me dévisage avec ce qui me semble être une expression d'effarement), alors je prends mon texte et commence à le lire.

Je lis mon texte.

Je commence à lire mon texte.

À un moment de la lecture de mon texte, je bois une gorgée d'eau.

À plusieurs moments de la lecture de mon texte, je dois marquer une pause pour inspirer profondément.

Je crois que je vais m'évanouir. En fait je n'ai pas la force. Je suis dans un état d'extrême faiblesse.

Cette forme que j'ai conçue, plurielle et miroitante, instable pourrait-on dire (lis-je sur mon papier), exhale une sensation d'indécidable, rend impossible toute assignation définitive d'aucun des personnages, permet un grand nombre de lectures, autorise un balancement constant entre fiction et réalité, conjugue autoportrait diffracté et exploration de notre monde.

…

Ne vais-je pas plus loin dans l'autoportrait (lis-je sur mon papier), et d'une manière plus éclairante, quand je me réinvente dans la peau d'un révolté qui s'apprête à massacrer des célébrités sur le plateau d'un talk-show ?

Petite pause. Nouvelle gorgée d'eau. J'ai de nouveau envie de pleurer.

Cette conférence (lis-je sur mon papier), après un certain nombre de paragraphes qui agençaient leur découpe arrondie avec soin, vous donne sans doute le sentiment de les piocher désormais dans le couvercle de la boîte, et vous n'avez pas tort, mais n'est-ce pas la meilleure manière de traiter du puzzle que de vous laisser y jouer un peu ?

Je redresse la tête pour vérifier si le public sourit à ce mot d'esprit (pas tellement new-yorkais, donc pas super *trendy*, c'est-à-dire pas drôle du tout en fait, comme je suis en train d'en faire la cruelle expérience), mais je ne vois rien d'autre qu'une masse sombre impassible derrière une aveuglante lumière, et je n'entends aucun bruissement de sourire, rien, un silence de caveau, en fait ils sont partis, ou bien ils sont tous morts, ils dorment, ils ne m'écoutent pas, je crois que je vais vraiment finir par m'évanouir, pourquoi personne ne manifeste le moindre signe de vie, de sympathie, de tendresse, dans ce gouffre obscur et terrifiant, dans ce ravin auquel je m'adresse ?

C'est quoi ce silence de mort ? Je viens pourtant de faire une sorte de blague non ? La courtoisie la plus élémentaire exigerait du public cultivé qui m'écoute qu'il prenne acte avec politesse du simple fait que j'ai tenté de lui arracher un fin sourire, non, vous ne croyez pas ?

(Alors que l'Écossais, spirituel, habilement amusant, anglo-saxon quoi, n'arrêtait pas de provoquer des jaillissements de rire dans l'assemblée, il savait amener ses effets, un vrai showman...)

Je repose mes yeux sur mon papier et continue de lire.

Le monde est devenu tellement complexe qu'il n'est plus possible de l'approcher par grandes catégories manichéennes (lis-je sur mon papier), ou d'y réaliser des coupes thématiques soigneusement circonscrites.

Qui est progressiste, réactionnaire (lis-je sur mon papier) ?

Qui est juste, injuste (lis-je sur mon papier) ?

Qui est bon, méchant (lis-je sur mon papier) ?

Qui est de gauche, de droite (lis-je sur mon papier) ?

(Je déglutis.)

Qui est toxique, inoffensif (lis-je sur mon papier) ?

C'est à chaque fois me semble-t-il comme un savant dosage dont le roman (lis-je sur mon papier), avec les ingrédients qu'il utilise, doit être capable de proposer une mesure.

Et puis surtout (lis-je sur mon papier), cela a-t-il du sens de parler de politique sans parler d'économie, de parler d'économie sans parler de peur, de parler de peur sans parler d'intime (silence de mort dans la salle), de parler d'intime sans parler d'amour, de parler... pardon... de parler d'amour sans parler de beauté, de parler de beauté sans parler de poésie (petite pause, je déglutis), de parler de poésie sans parler... sans parler... (ça y est, je crois que je vais me remettre à pleurer)... sans parler de Mallarmé, hmmm, de Mallarmé ? (Je ferme les yeux et laisse passer trois secondes. Les rouvre.) Si je décide qu'un roman abordera la question politique il devra être question de Mallarmé, alors qu'il est d'usage de répartir ces ingrédients hétérogènes, politique, économique, sensible, sentimental ou esthétique, dans des livres séparés.

Je le répète (lis-je sur mon papier).

...

Je le répète (lis-je sur mon papier). Le romancier doit inventer des formes plurielles, subtiles, perverses, surtout perverses (lis-je sur mon papier), qui désaxent nos perceptions habituelles, multiplient les points de vue et permettent de penser un monde globalisé.

Je repose mon papier, regarde le visage du médiateur, petits et brefs applaudissements de dégoût dans la salle (je sens qu'elle ne m'aime pas du tout cette salle), une salle aussi anémiée, au bord de l'évaporation (dans son rapport à ma personne), que je suis faible moi-même, au bord de m'écrouler.

Merci beaucoup, me dit le médiateur, merci beaucoup pour la lecture de ce... de ce texte Éric Reinhardt... et à présent il pivote vers l'écrivaine française qui entretemps, sans doute en raison de l'échec que je viens d'essuyer, cuisant, et de ma petite forme, qui doit crever les yeux, est, il me faut bien l'admettre moi-même, devenue fabuleusement séduisante, d'un charisme invraisemblable : une sorte de Faye Dunaway des Lettres.

Elle est souriante et détendue, solaire, à l'aise et vive non seulement dans sa pensée adroite et fluide mais aussi dans son corps de jeune fille (elle doit avoir soixante ans mais force est de constater qu'elle s'entretient à merveille), on la sent en même temps virtuellement vipérine, mordante, je ne m'y risquerais pas, je crois qu'elle est dangereuse, je ne fais pas le poids du tout.

Elle lit son texte et ce faisant déclenche à plusieurs

reprises des rires de joie du public, on sent se propager depuis la salle des ondes de gratitude pour sa générosité d'oratrice (elle ne fait pas son âge dis donc tu as vu ? qu'est-ce qu'elle est belle et radieuse cette femme, je vais acheter son livre à la sortie...), son allocution est finalement accueillie par des applaudissements enthousiastes et nourris, elle sourit de mille dents et ses cent mille cheveux volumineux scintillent l'oréalement sous les feux ardents des projecteurs (dont je découvre seulement maintenant la réelle raison d'être : ils ont été installés pour la Faye Dunaway de Saint-Germain-des-Prés), merci beaucoup, merci infiniment pour la lecture de ce très beau texte, dit le médiateur (ce très beau texte, a dit le médiateur ? je n'y crois pas, il a dit : *merci beaucoup pour la lecture de ce très beau texte ?!!* décidément cette soirée est un authentique cauchemar), nous allons maintenant commencer les travaux sur le roman puzzle, dit le médiateur.

À présent le médiateur interroge l'écrivain écossais, lequel, à peine a-t-il ouvert la bouche, parle déjà de Joyce.

Putain.

Ça y est.

C'est parti.

Ils sont bien tous les mêmes décidément les écrivains, et quel que soit leur pays d'origine, incapables de cheminer en solitaires dans leur cerveau ne serait-ce que quatre uniques minutes pour en ramener une pensée bien à eux, amniotiquement certifiée authentique, arrachée à la douleur ou aux extases ou aux incertitudes de leur propre existence, même modeste et domestique ladite pensée mais au moins personnelle, intime, leur, non. Il faut toujours qu'à peine lancés, rapides et ponctuels, tel un livreur de pizza sur son scooter, ils vous livrent la Joyce quatre fromages, ou la Flaubert artichauts champignons en quatre minutes chrono, tout est déjà prêt il n'y a plus qu'à servir, l'Écossais prend la parole, enfourche son engin et livre en quatre minutes chrono au public des Assises la fameuse Joyce quatre fromages qui a fait la renommée de ses prestations internationales en langue anglaise.

On écoute l'Écossais nous parler de Joyce en pilotage automatique (hop, il a grillé un feu), sans doute éblouit-il l'auditoire des Subsistances par son érudition joycienne, sauf qu'il n'existe aucun rapport entre la question posée par le médiateur et ce que raconte l'Écossais au sujet de l'œuvre de Joyce. Il se trouve que c'est grâce à Joyce que je me suis mis à écrire, après avoir découvert par hasard, dans ma dix-septième année, une après-midi de printemps, à la télévision, lors d'une émission pour ménagères, la beauté providentielle du *Portrait de l'artiste en jeune homme*, je ne suis donc nullement opposé, par principe, à la référence joycienne, mais ce que j'aime c'est quand l'orateur creuse un tunnel instinctif dans son propre cerveau, avec un flair épris de captures, d'idées, de découvertes, entraînant le public derrière lui dans le creusage de son minutieux souterrain personnel (les outils philosophiques et littéraires nécessaires à l'excavation sont naturellement autorisés), jusqu'au moment où ce souterrain, autrement dit la pensée, telle la galerie d'une taupe intrusive, débouche *de l'intérieur*, par surprise, à la faveur d'une phrase, dans le jardin de Joyce, comme un œil que l'on jetterait soudain sur le grand parc joycien, au ras de l'herbe, ladite phrase perçant la terre à la façon d'une truffe de taupe : on vient à Joyce et au grand parc joycien *de l'intérieur*, à la faveur d'une nécessité, d'un éblouissement, comme un paysage tout entier révélé par un éclair zébrant un ciel d'été : ça oui. Alors on peut parler de Joyce. Mais comme vient de l'entreprendre l'Écossais à pantalon de survêtement en satin noir porté avec des mocassins en cuir marron en éludant la question du médiateur, le filou, et en servant *illico presto* au public fasciné des Assises un résumé conventionnel de la cuisine joycienne (auquel va certainement faire écho, dans quarante secondes, quand le médiateur lui aura donné la parole, la cuisine virginia-woolfienne de la crépitante Faye Dunaway des Lettres), pardon, c'est effroyable, j'ai envie de m'enfuir, c'est un guet-apens, je suis en train de jouer au poker à une table de braqueurs de banque, ils ont glissé chacun des carrés d'as et des quintes flush dans les manches de leur veste (le carré d'as James Joyce dissimulé dans la manche de l'Écossais et la quinte flush Virginia Woolf dans celle de la pétulante Faye Dunaway de Saint-Germain-des-Prés, brandis soudain d'on ne sait où et abattus sur la table pour ramasser la mise), ce sont des professionnels aguerris de la conférence littéraire internationale quand moi je ne suis qu'un écrivain novice très récemment remarqué, projeté sur le devant de la scène à la faveur d'un exploit, grâce au cancer à évolution rapide de ma femme qui m'a permis de me hisser au-dessus de moi-même, faisant éclore par accident un roman qui restera sans nul doute, me dis-je en cet instant, mon unique fait d'armes. Moi qui n'ayant rien compris suis venu à Lyon avec ma seule ingénuité adolescente pour essayer de scier candidement, le plus honnêtement possible, avec une lime à ongles, depuis l'intérieur de ma cellule, enfermé dans ma timidité, les barreaux conceptuels de la problématique qui nous a été soumise, le roman puzzle, pour m'en évader et courir vers le public dans le champ fantasmatique des plus belles réponses imaginables (ce que je ne parviendrai pas à faire ce soir-là, je le sais et le sens déjà, vu mon état qui s'aggrave de minute en minute, de tristesse et de ressentiment, de purulents complexes, de jalousie, d'acrimonie mordante, de mesquinerie, de petitesse intérieure, de nullité flagrante), je vois que mon voisin est venu ici pour une tout autre raison, subjuguer le public lyonnais par son érudition joycienne catégorique qui n'a rien à voir avec la question de départ (mais son expérience lui a appris depuis longtemps que ça n'a aucune importance).

Merci pour cette brillante analyse de l'œuvre de Joyce, dit le médiateur (le public applaudit abondamment, il n'est pas venu pour rien, il repart plus cultivé, qu'est-ce qu'il est brillant le gars ! il n'y a pas à dire, les anglophones ils ont quand même une longueur d'avance sur les Français) avant de passer la parole à la Faye Dunaway du café de Flore, laquelle n'a pas prononcé deux phrases qu'il est déjà question de :

Virginia Woolf.

OK.

Je plonge une main discrète dans la poche droite de ma veste, libère à l'aveuglette, *pickpocketement*, de sa cellule de papier métal, un troisième grain rose que je sectionne en deux avec l'ongle, porte à mes lèvres en simulant une mauvaise toux le minuscule demi-grain (*chut !* me fait le médiateur irrité) puis m'efforce d'écrouer la moitié subsistante du demi-comprimé en rabattant sur la cellule où je l'ai confiné la languette de papier métal (mais qu'est-ce qu'il fout l'écrivain français du milieu à trifouiller comme ça dans la poche de sa veste ? il est vraiment bizarre ce type... tu crois qu'il se tripote ?) tandis que j'entends l'irrésistible et renversante romancière française nous parler si brillamment de l'œuvre de Virginia Woolf.

Bien, merci beaucoup pour cette extraordinaire évocation de l'œuvre de Virginia Woolf si éclairante pour notre thématique de ce soir, le roman puzzle, je le rappelle, dit le médiateur avant de se tourner soudain vers moi (j'entends qu'il prononce mon nom et c'est pour moi comme un électrochoc, comme une décharge de dix mille volts, je ne suis vraiment pas en état de penser, de dire deux mots d'affilée qui puissent être cohérents, surtout après les brillantes prestations clés en main administrées par l'Écossais en phase terminale d'érudition joycienne et par Virginia Woolf en personne (si si) réincarnée en Faye Dunaway) et de me demander de bien vouloir nous faire savoir en quoi mes livres peuvent se rapprocher des puzzles.

Je ne me rappelle plus grand-chose de ce que j'ai dit mais j'ai parlé, forcément j'ai parlé – je me souviens seulement de la difficulté éprouvée à trouver mes mots sans le secours d'aucun support où poser mes yeux, j'aurais peut-être dû les fermer.

À la fin, quand le public a été invité à s'exprimer, la salle a été rallumée et les questions ont toutes été adressées aux autres écrivains, sauf une, une seule, qui n'était d'ailleurs pas une question mais plutôt un commentaire, un commentaire courageusement délivré par une jeune femme qui avait réclamé le micro pour pouvoir m'instruire publiquement de ce qu'elle pensait de moi et elle a dit, alors que je me réjouissais qu'enfin une personne de l'assistance s'intéresse à mon cas (désespéré) :

On a entendu Éric Reinhardt nous parler de la façon dont il écrit… toutes ces histoires de montage de textes et de chapitres… ces dizaines et ces dizaines d'étiquettes qu'il dispose sur une table et qu'il essaie de mettre dans le bon ordre… refaisant tout sans cesse… j'ai eu mal pour lui tellement ça a eu l'air pénible et difficile d'écrire ce livre… il faut peut-être arrêter d'écrire si ça vous cause une telle souffrance non ? C'est ça que j'avais envie de vous demander. Il ne faudrait pas que vous arrêtiez d'écrire pour vous sentir un peu mieux ? Qu'est-ce que vous en pensez ?

Le public a applaudi (si si) et là je crois que j'ai recommencé à pleurer en recevant ce coup de poignard, mais peut-être pas, je ne sais plus, je n'ai plus aucun souvenir de ce qui s'est passé après.

3

S'est ensuivie une période de plusieurs mois pendant laquelle aucune autre envie ne m'est venue que de me retirer du monde avec Margot, loin de toute vie sociale, sans plus exténuer mes nerfs et mon cerveau à exposer ma vanité hypertrophiée aux récifs des défis artistiques les plus risqués.

Une capitulation consentie, onctueuse et nécessaire, fort délectable, comme de remplir un besoin vital élémentaire : manger, boire, dormir, quand on est affamé, assoiffé, épuisé.

Avoir entretenu l'ambition d'être remarqué par des romans me paraissait à présent d'une présomption parfaitement déplacée, résultant d'une candeur et d'un aveuglement que je ne retrouvais plus en moi. Et pourtant j'étais parvenu à écrire des livres dont on avait beaucoup parlé, j'étais devenu un écrivain à part entière et cela me paraissait, dans l'état de décrépitude et de complète rétractation de mon ego où j'avais été réduit par les circonstances, impossible à croire et à faire fructifier – je me demandais même où j'avais trouvé la force un jour d'accomplir tout ça, j'avais maintenant seulement envie de dormir.

J'appelais Margot toute la journée, je n'étais bien qu'avec elle, j'attendais la venue du crépuscule avec une sourde et jouissive impatience alors même que nous nous aimions depuis dix-sept ans et que de ce fait nous avions eu largement le temps de nous habituer l'un à l'autre, et que s'émousse le plaisir simple d'être ensemble. De douces décharges de joie me traversaient le corps à la seule pensée que nous allions bientôt nous retrouver à la maison pour y passer la soirée, et ressentir inaltérées la force et la vivacité de ce désir inaugural au bout de tant d'années, comme si l'on s'était rencontrés la semaine précédente et qu'on ne pouvait se priver l'un de l'autre plus de quelques heures sans dépérir, m'ébahissait et en soi me procurait un immense plaisir, un plaisir supplémentaire si je puis dire.

(Je crois que rien n'est plus fort dans la vie que le plaisir anticipé de retrouver sa bien-aimée à la fin de la journée, et de laisser ce plaisir-là innerver d'une sorte d'orgasme doux, diffus, qui part du ventre, les heures que l'on passe sous l'empire de cette attente – et quand on a la chance de connaître ça on n'a besoin de rien d'autre que d'eau fraîche, c'est bien vrai.)

C'était délicieux, tendre, paisible, réconfortant, et c'est devenu peu à peu inquiétant, comme de s'enfoncer dans des sables mouvants. C'est j'en suis sûr une sensation savoureuse au début que celle de se sentir couler avec lenteur dans cette boue tiède et épaisse, suave, voluptueuse, que sont les sables mouvants des films d'aventure de notre enfance, mais elle devient soudain terrifiante cette sensation de chaude emprise quand on s'avise que ce sol crémeux aux attraits si régressifs est plus sournois qu'il n'y paraissait de prime abord, qu'il va littéralement avaler votre personne tout entière sans qu'il vous soit possible de rien entreprendre pour y échapper, au contraire, toute tentative pour vous soustraire à cet engloutissement ne fera que le précipiter.

Je n'avais que quarante-trois ans mais si j'écoutais mes désirs les plus insistants je n'aspirais finalement à rien d'autre qu'à ce qu'on appelle communément la *retraite.*

Je rêvais d'une vie sans plus de devoirs ou d'attentes extérieures à satisfaire que celle d'un *retraité* qui n'a plus rien à prouver.

Socialement, Margot et moi avions fait ce que nous devions faire, j'avais la certitude d'être allé aussi loin que mes moyens me le permettaient, nous avions joué notre partition le mieux et le plus sincèrement que nous le pouvions jusqu'à ce moment où nous avait semblé sonner à nos oreilles l'idéale dernière note, la conclusive, après laquelle plus rien ne pouvait être ajouté qui ne soit superfétatoire ou ne vienne endommager ce que nous avions accompli jusqu'alors. Nous pouvions désormais profiter l'un de l'autre sans nous astreindre ni nous sentir assignés à la réalisation de nouvelles performances, à quoi bon ? pour quoi faire ? Non seulement je ne pourrais rien écrire de mieux que mon dernier roman, j'en étais sûr, mais je n'avais plus ni l'envie ni le courage d'endurer les tourments qu'engendre chez moi le démarrage de tout nouveau projet. Ce que j'aime le plus c'est terminer mes livres, c'est la montée en puissance progressive et le paroxysme que la rédaction du dernier quart me permet généralement d'atteindre dans une sorte d'embrasement de tout mon être en osmose avec la réalité extérieure, ce que j'aime c'est la libération, c'est l'apothéose finale, c'est l'orgasme des cinquante dernières pages, mais encore faut-il avoir la force de mettre en place le dispositif permettant cette soudaine combustion existentielle, ce qui me paraissait hors de portée désormais (de surcroît, le cancer à évolution rapide de Margot avait fait que ce n'était plus seulement les cinquante dernières pages qui avaient jailli de mon clavier comme sous l'effet d'un jet tendu et continu *mais les trois cents dernières*, exploit qu'il serait illusoire de vouloir reproduire une autre fois avec un autre livre, je n'étais pas sans le savoir, or à quoi bon continuer d'écrire si ce n'était pour retrouver cet état, voire quelque chose d'encore plus fort, d'encore plus excessif, d'encore plus surprenant ? autant arrêter tout de suite sinon...). J'étais fatigué de ce que j'avais vécu jusqu'à cette radicale quarante-deuxième année qui m'avait vu secourir héroïquement ma femme tombée gravement malade, me transcender pour elle par l'écriture et atteindre un niveau qui me paraissait aujourd'hui parfaitement usurpé, obtenu par des moyens litigieux (par une sorte d'EPO que m'avait procurée ma propre existence et que chaque journée qui passait m'injectait à doses massives), me propulsant par erreur avec ce livre accidentel dans une cour trop grande pour moi. Je voulais me reposer, depuis le CE2 j'étais tendu dans le même effort continu d'exceller, ou de donner satisfaction aux exigences de toute nature que j'avais pu identifier concernant ma personne, pourquoi toujours obéir ? s'obéir ? être présent quand on vous appelle ? exaucer les attentes et les rêves ? les ambitions (les siennes bien sûr mais aussi celles que l'on projette sur vous) ? les espoirs suscités par soi chez autrui et qu'on ne veut pas trahir ou décevoir ? Je me disais que si mon livre avait obtenu un prix littéraire m'ayant suffisamment enrichi je n'aurais rien désiré davantage, alors, que de pouvoir disparaître et me retirer du monde. Mais je savais qu'il n'en était rien, je n'avais pas gagné assez d'argent pour être tranquille, il me faudrait déployer bientôt de nouveaux efforts, ne serait-ce que pour pouvoir subvenir à mes besoins, alors il m'arrivait de pleurer le matin dans mon bureau à l'idée que je devrais arracher sous peu de ma personne, ma personne vide, sans plus de force ni de lumière, d'envie, de foi, quelque chose d'aussi impossible à obtenir de moi, je le sentais, que l'édification d'un objet littéraire de nature à combler les espérances évidemment fallacieuses qu'avait transmises à mes lecteurs mon précédent roman.

Je l'avoue, il m'arrivait de décompter les années de vigueur et de supposée créativité littéraire qu'il me restait à assumer avant d'atteindre un âge où je pourrais me considérer comme dispensé de délivrer une performance artistique rémunératrice. Je raisonnais alors en tranches, combien de livres me restait-il à devoir écrire, à partir de maintenant, si je partais de l'hypothèse que je publie un livre tous les quatre ans, et que Jean-Marc Roberts, malgré l'extinction graduelle, probable, de ma notoriété, la détérioration de mon image et la diminution continuelle de mes ventes, consentait à me verser un à-valoir qui combiné à mes revenus d'éditeur d'art *free lance* me permettait d'envisager le financement de mes besoins personnels et d'une partie de ceux de mon foyer, alors, cela veut dire... 43 + 4 = 47 ans pour le prochain roman, 47 + 4 = 51 ans pour le suivant, 51 + 5 (j'augmente sensiblement la durée d'élaboration de ce livre-ci, ne présumons pas de nos forces) = 56 ans... mon Dieu mais que c'est long, je n'y arriverai jamais... je suis encore loin du compte, personne ne s'arrête de travailler à cinquante-six ans... *comment vais-je faire pour écrire encore trois romans et n'en être qu'à cinquante-six ans ??!!...* si je dois vivre jusqu'à quatre-vingts ans combien de romans cette horrifiante longévité suppose-t-elle que je devrai produire, mais c'est une vie de galérien !... c'est interminable !... je n'y arriverai jamais ! Alors je pleurais seul au sixième étage à l'idée de tout ce qu'il me restait à affronter d'ardu avant d'être en mesure d'accéder avec Margot à ce refuge réconfortant qu'est le grand âge, comme un navire rentré au port et amarré au pied d'une citadelle et d'un palais somptueux dans un tableau de Claude Lorrain, baigné par une sublime lumière crépusculaire d'octobre.

J'aurais aimé avoir dès à présent soixante-dix ans, j'aurais voulu convertir en trente années d'immobilité temporelle, à l'emplacement exact de ma soixante-dixième année, telle une statue dans un parc, les trente et lentes prochaines années de détérioration progressive. Ayant vieilli d'un coup, ainsi resterais-je figé dans cette soixante-dixième année pendant trente ans, au croisement de deux allées, sous le couvert d'un marronnier, perdu dans mes pensées, la tête fixement inclinée vers un morceau de ciel insondable, une main sur la hanche, l'autre posée sur une souche d'arbre du même marbre verdi de mousse que mon corps, surélevé sur un socle.

En dépit de cet état de repli intérieur où je m'étais laissé confiner, et de phobie sociale, et de timidité littéraire (de panique, de modestie pétrifiante face à la phrase française), je continuais d'adorer bien sûr par intermittence la beauté immédiate de l'instant présent, ce qui veut dire que je n'étais pas irrémédiablement perdu. Il m'arrivait encore de vibrer quand je contemplais un paysage, quand je lisais un livre sur une chaise des jardins du Palais-Royal (les pages des grands auteurs continuaient de me cingler l'esprit avec la même mordante vivacité qu'autrefois, Mme de Lafayette, Jean-Jacques Rousseau, André Breton, Dostoïevski, Claude Simon, Thomas Bernhardt, Annie Ernaux), quand j'apercevais dans la rue la silhouette d'une jeune femme à la démarche élégiaque, quand je me laissais altérer par les sortilèges d'une mise en scène de Romeo Castellucci. J'aimais aussi ce que j'entrevoyais de mon futur lointain avec Margot, quand nous serions vieux tous les deux et toujours amoureux, nous consacrant exclusivement l'un à l'autre, comme des esthètes l'un de l'autre. Et je haïssais a priori le vide anxiogène qui séparait ces deux félicités : *le présent immédiat et l'avenir très lointain*, gouffre incertain qu'il me faudrait combler avec de la vie vécue dans le vacarme et les nuisances toxiques du monde contemporain, en agissant, en produisant, en souffrant, en me battant, en devenant pour moi-même un principe d'efficacité – un simple outil sans poésie. Je ne pouvais m'empêcher d'entrevoir les trente prochaines années, ou plutôt (car j'essayais de me raisonner, *de toutes mes forces j'essayais de me raisonner*, d'écarter de mes pensées cette attraction morbide et mortifère pour le repli, pour le retrait, pour la *retraite*, pour la *clandestinité*), ou plutôt, donc, disais-je, quelque ennemi embusqué en moi-même ne cessait de m'imposer la sensation que les trente prochaines années s'apparenteraient à une trentaine d'hectares à labourer solitairement, sans assistance, dans les intempéries, avec une charrue à bœuf, puis à ensemencer, à moissonner à l'aide d'une faux à bras, avant d'aller négocier la récolte tous les trois ans sur le marché hautement concurrentiel des céréales – avec le maigre espoir d'en retirer à peine de quoi vivre. (Il serait même possible que l'on refuse purement et simplement d'acheter mon grain pour lui préférer la production d'autres cultivateurs plus performants, plus à la mode, plus prometteurs, plus commerciaux, on aime la nouveauté, les nouvelles têtes !) Certes, *j'avais envie de vivre* (cette vacuité entrevue, cette plaine illimitée et monotone que je voyais s'étendre dans le lointain, c'était quand même ce qu'il n'est pas absurde de dénommer *ma vie*, ne l'oublions pas), je savais que je ne perdrais jamais le contact avec une certaine beauté du monde sensible et de l'existence, que je saurais toujours reconnaître au-dessus de ma tête les splendeurs d'un ciel crépusculaire d'octobre, ou sous mes yeux dans la rue l'enchantement d'un joli pied cambré enserré dans l'écrin d'une sandale vernie noire à talon (pointure 37 ½ et cambrure 10), mais ma vie quotidienne et mon labeur d'écrivain ce serait ces immenses terres horizontales et ennuyeuses, ces épaisses mottes de terre qui s'accrochant aux semelles de mes bottes me rendraient chaque pas plus fastidieux à accomplir que le précédent, chaque heure plus lourde à affronter que la précédente, se répétant ad nauseam sans me faire progresser d'un instant vers la lumière tout automnale de cette soixante-dixième année, ma délivrance.

Je nous entrevoyais, Margot et moi, vieux et vêtus de noir, lents, pensifs, majestueux, toujours soucieux de l'effet produit l'un sur l'autre, moi m'aidant d'une canne pour marcher, Margot coiffée d'un des nombreux chapeaux des années cinquante hérités de sa grand-mère (jamais osés par elle jusqu'alors), chaussée de bottines à lacets, toute mince et frémissante de grâce dans un manteau cintré en astrakan, déambuler sous les longues galeries sonores du Palais-Royal, aller boire un thé passage Jouffroy, lire l'après-midi au soleil sur une chaise des Tuileries, vivre l'un pour l'autre et pour la poésie de la vie, pour la beauté des œuvres d'art et des atmosphères parisiennes amoureusement commentées, nous deux, avec joie, jour après jour, inépuisablement.

Rien n'était pour moi plus désirable que ces promenades dans Paris de deux vieilles personnes racées qui étaient nous, Margot et moi, à un âge où l'on est autorisé à ne plus être enfin que de purs poètes, on peut toujours rêver. Et non plus des rouages de la société et du monde économique. Et non plus des agents du progrès, de la prospérité nationale, de l'horrible PIB. Et non plus les valets serviles, quoique à notre insu, de la finance internationale et des gestionnaires gris et étriqués qui partout imposent leurs normes et leurs ratios, pour se venger de leur vide avéré, de leur aridité. Devenir des créatures anachroniques et suspendues appartenant au passé au même degré qu'au présent, à la modernité tout comme aux temps immémoriaux qui sont ceux du ciel et des nuages, de la lumière, de la minute épiphanique, des saisons et des ombres, autrement dit devenir, désormais vieux, les exacts contemporains de ce que le monde compte de plus grand, d'unique et de culminant, de Sénèque à Twombly, de Mendelssohn à Louise Bourgeois et Chantal Akerman, par le seul fait que des merveilles donnent sens à notre vie – des merveilles immortelles – et qu'il n'y a plus rien d'autre qui importe à nos yeux que les auteurs de ces merveilles et ces merveilles elles-mêmes, c'est-à-dire la beauté, avant tout la beauté, la beauté et rien que la beauté, voracement, éperdument, voilà ce qui nous habitait, Margot et moi, en ce printemps 2008, après ce que nous avions vécu durant les dix-huit derniers mois.

Margot nous dénommait affectueusement Willy et Winnie, d'après *Oh les beaux jours* de Samuel Beckett, quand nous évoquions cette époque future et reculée où vieux l'un et l'autre nous marcherions enlacés dans Paris. Elle disait : quand on sera Winnie et Willy on fera ceci, quand on sera Winnie et Willy on fera cela – elle le disait depuis toujours et cette référence était une allusion pleine de malice à la longévité rêvée de notre amour, jusqu'à la mort bien sûr. C'est d'ailleurs vers cette époque, et à la faveur de cette bizarre bifurcation de mon esprit hors du champ du réel, que j'ai vu poindre en moi un début de fascination, comme on pourra le constater dans un prochain roman, pour le mystère des très vieilles dames vivant recluses dans la pénombre de leur appartement aux lourdes tentures toujours tirées, au milieu des vestiges de leur vie, sans que personne ne puisse soupçonner là la subsistance de temps anciens et révolus, presque historiques, tels des passages secrets tombés dans l'oubli, tant elles sont invisibles, silencieuses, derrière ces belles façades.

J'entendais de temps en temps, depuis mon bureau

sous les toits, les cloches de l'église Saint-Vincent-de-Paul célébrer avec lenteur, et comme en claudiquant, la mémoire d'un défunt qu'on allait inhumer, après la messe qui serait dite pour lui. C'était lugubre et doux, alangui, à la limite de la rupture ou du déséquilibre harmonique tellement les notes que les cloches d'habitude si prolixes et liantes égrenaient ces matins-là paraissaient distantes les unes des autres, il semblait en manquer la moitié et chacune se présentait pour elle-même dans son petit uniforme de deuil et d'affliction, en larmes, comme si ce glas qui résonnait dans l'atmosphère, et qui s'élevait jusqu'à mon désarroi d'artiste en perdition cloîtré dans son bureau sous les toits, avait été l'ultime témoignage de ce que le défunt avait la chance enfin de pouvoir laisser derrière lui : le réel désuni et sinistre, oublieux de ses promesses à notre égard (presque invariablement), avant qu'il ne puisse accéder à la plénitude de l'unité, au règne enfin du ni trop rapide et du ni trop lent, du ni trop vide et du ni trop plein, mais de l'équilibre recouvré, de la juste mesure, de la juste vitesse, de la réconciliation. Ces cloches lentes, hésitantes, la mélodie trouée et hébétée qu'elles sonnaient certains matins me parlaient du manque qu'allait laisser derrière lui l'individu qui venait de s'éteindre (et dont il m'arrivait d'apercevoir, depuis la fenêtre de mon bureau sous les toits, le petit cercueil lourd, le petit cercueil brun et luisant s'introduire dans la pénombre de l'église sur les épaules houleuses de quatre robustes préposés des pompes funèbres, telle une barque secouée par les vagues, dérisoire, bientôt coulée), mais aussi du refus obstiné et railleur du réel à combler nos attentes, annonçant alors en creux, par l'absence de toutes ces notes, la complétude de l'au-delà et de la mort. Si bien que cette berceuse défectueuse, cette mélodie rampante et monotone me semblait destinée : je la recevais, debout devant la fenêtre, le regard perdu dans le vide, comme étant jouée pour moi seul par les cloches de l'église Saint-Vincent-de-Paul, elle était la bande-son de ma propre mort et j'aimais m'y mirer, j'y puisais même une sorte de réconfort, j'avais l'impression, depuis des mois, cheminant derrière mon cercueil, d'assister à mes propres funérailles, celles de l'écrivain et de l'homme social vaguement épanoui que j'avais été – et soudain ce glas sonné pour un autre que moi m'inoculait le réconfort que mourir n'est pas si grave, que mourir n'est pas si triste, que mourir est peut-être même agréable et paisible si ça se trouve, comme une libération... et qu'on a toujours le recours de la mort pour se sortir d'une situation sans issue... alors je me laissais engourdir par la douceur réconfortante de ce glas lent et solennel... par cette berceuse censée non pas m'endormir, comme elle le fait avec les bébés, mais m'acclimater à la pensée de la mort, donc m'endormir à la frayeur du trépas. Tu es mort socialement et bientôt tu seras mort pour de vrai comme cet autre que l'on s'apprête à enterrer réellement, là, et dont tu aperçois à l'instant le petit cercueil astiqué à la cire d'abeille pénétrer dans la pénombre de l'église... il est enfin délivré, *lui*, quelle chance il a, comme tu aimerais être à sa place, me murmurait insidieusement, à mon corps défendant, le plaisir que prenait mon esprit à se laisser envahir par le glas lent et solennel de l'église Saint-Vincent-de-Paul, certains matins, en cette lugubre année 2008.

Quand, lisant *Le Monde*, je tombais sur la page des nécrologies, où était consacrée à telle sommité décédée une notice récapitulant ce que son existence avait laissé de mémorable dans son sillage, une lumière me traversait l'esprit, une lumière un instant presque envieuse, dont la pensée fugace qu'elle contenait pourrait se résumer ainsi : *il a de la chance, il a fait ce qu'il avait à faire, il est mort et voici le témoignage de ce qu'il a accompli pendant son existence* – et l'espace d'un instant j'aurais aimé être à la place de cet individu. Comme si ce à quoi j'aspirais alors le plus n'était pas de mourir, non, qui a envie de mourir ? mais d'être dans l'au-delà de ce que l'on accomplit jusqu'au moment de sa mort, pour jouir et profiter de ce temps vierge et infini qui suit le moment qui vient conclure ce que l'on devait accomplir, et que l'on a accompli sans faillir. J'enviais ces personnes d'en être déjà à l'heure du bilan (de l'immortalité ?), et de pouvoir s'en satisfaire raisonnablement. N'ont-elles pas une longue nécrologie dans *Le Monde* ? Accompagnée d'une belle photo ? N'est-ce pas la plénitude suprême que d'avoir sa vie rondement résumée dans un article dont l'existence en soi est déjà suprêmement élogieuse ? J'oubliais presque qu'ils étaient morts (c'est un inconvénient majeur), me le rappelais *in extremis* à l'instant même où cette envie d'être déjà mort disparaissait de mon esprit tandis que je tournais la page pour arriver plus vite à la rubrique Culture, où l'on rend compte de ceux qui vivent, qui créent, qui se démènent et qui ne sont pas au fond du trou (si je puis dire), comme je l'étais à ce moment-là de mon existence.

Il s'agissait sans doute de ce qu'on appelle une *dépression*, je ne sais pas, en dehors d'une amie qui m'avait vu pleurer rue La Fayette aux abords du métro Poissonnière (et qui m'avait emmené au café du coin pour recueillir mes lamentations), je n'en ai parlé qu'à Margot, qui elle aussi n'aspirait qu'à passer seule en ma compagnie le plus de temps possible, loin de toutes contraintes sociales.

C'est à cette époque, vers l'été 2008, que j'ai commencé à réfléchir à un roman qui aurait réuni un homme dénommé Nicolas, compositeur de musique, une quarantaine d'années, marié et père de deux enfants, et une jeune femme que m'aurait inspirée Marie, appelons-la Marie, d'à peu près le même âge que lui et atteinte d'un cancer incurable. Nicolas aurait été la projection rigoureuse, mais travestie, exagérée et embellie par la fiction, de ma personne, à partir de ce que j'avais vécu avec Margot quand elle avait été malade : il aurait composé une symphonie dans les mêmes ahurissantes conditions d'effervescence artistique que j'avais écrit *Cendrillon*, sa femme Mathilde avait guéri au moment où il terminait son œuvre et cette dernière, donnée en concert à Pleyel dans le cadre du festival d'Automne, avait été un triomphe.

Un samedi d'octobre, un matin, dans mon lit, tandis que je m'éveillais, j'avais entendu mon fils cadet demander à Margot, dans la cuisine : *Ça veut dire quoi maman soliflore ?* et Margot lui avait répondu : *Une seule fleur... c'est un vase qui ne peut recevoir qu'une seule fleur...* et je l'avais trouvé si émouvant et lumineux ce bref dialogue intercepté dans mon demi-réveil que j'avais décidé, dans la pénombre de la chambre, dans la douceur de ce samedi matin, en refermant les yeux, que ce roman s'appellerait :

Une seule fleur.

Je le trouvais beau, ce titre.

Nicolas, quasiment du jour au lendemain, devient une star de la musique contemporaine (ce qui ne m'était pas arrivé avec cette ampleur, ni d'une manière aussi catégorique, loin de là ; c'est l'avantage de la fiction que de pouvoir amplifier les situations par soi vécues, potentiellement intéressantes du point de vue romanesque, en exacerbant leur principe constitutif), sa symphonie fait l'objet de recensions dithyrambiques dans la presse nationale, on parle à son sujet de renouveau de la musique française et d'éclatante relève de la *génération Boulez*. Cette renommée franchit sous peu les frontières du pays et gagne bientôt l'Allemagne et les États-Unis, le Japon, l'Angleterre, où sa symphonie ne tarde pas à être réclamée par les programmateurs des salles de concerts et des philharmonies, des festivals.

Nicolas a acquis un nouveau statut. Sa vie n'est plus du tout la même qu'avant la composition de sa symphonie. Il s'est produit une sorte de miracle qui a propulsé son œuvre et sa notoriété à une hauteur qu'il n'avait même jamais rêvé atteindre un jour et dont il sait qu'il ne la doit qu'à l'amour, et qu'à ce qu'il a vécu d'incomparable avec Mathilde quand elle était malade, et qu'il voulait la guérir par la beauté de sa musique.

J'entrevoyais un roman déchirant où un compositeur contribue, tel un magicien, par l'écriture d'une symphonie, en la jouant chaque soir au piano dans leur chambre à coucher à mesure qu'il l'élabore, à la guérison de la femme qu'il aime – et le sublime de sa musique, après avoir aidé sa femme à surmonter l'épreuve de son cancer, ravit le public des salles de concerts du monde entier, cette symphonie se révélant capable de toucher l'auditeur à un endroit de son être que peu de musiques ont le pouvoir d'atteindre, sans qu'il soit possible pour l'auditeur envoûté de s'expliquer ce qui se passe en lui, et où exactement, et pour quelle raison mystérieuse, quand ce sortilège s'enclenche et qu'il n'est plus en mesure que d'en constater stupéfait les effets.

Un fluide vital et impérieux, décisif, comparable à un philtre, puisé chaque jour pendant trois mois dans les profondeurs les plus inaccessibles de son inspiration, où Nicolas ne s'était jamais senti la force de s'aventurer jusqu'alors, voilà ce que transfiguré par l'amour il était parvenu à faire monter dans la sève de sa symphonie.

C'était vraiment de la magie.

Ah que ça aurait été beau si j'avais été capable alors d'écrire *Une seule fleur* !

Au printemps de l'année suivante, à Londres ou à Bruxelles (je n'étais pas déterminé, j'hésitais), la veille du soir où sa symphonie doit être jouée au Barbican, ou au théâtre de la Monnaie, un dîner est organisé où Nicolas fait la connaissance de Marie, une jeune femme dont on lui a révélé, durant l'après-midi, alors qu'il interrogeait l'assistante du directeur du Barbican, ou celle du directeur du théâtre de la Monnaie, sur l'identité des personnes qui seraient présentes le soir autour de la table, qu'elle avait survécu par miracle à un cancer du sang d'une gravité exceptionnelle, dont, selon ses médecins, elle n'aurait pas dû réchapper.

Nicolas avait été placé à la gauche de Marie et bientôt, comme je l'avais vécu moi-même à Aix-en-Provence avec la Marie d'Aix-en-Provence, il commence à éprouver pour elle une fascination, une attirance, une attraction physique et j'allais dire métaphysique hors du commun, hors de tout contrôle, parfaitement anormale.

Nicolas se trouve entraîné à son insu dans une zone de son cerveau qu'il ne connaissait pas.

Marie rayonnait, elle était la seule autour de la table à ainsi rayonner, à émettre une telle lumière, et ce qui rayonnait, en elle, dans ses yeux, dans sa présence, dans ses gestes, sur son visage et dans les expressions de son visage, c'est qu'elle était en vie. Il y avait en elle une densité de vie qui happait Nicolas, à l'appel de laquelle il ne pouvait pas échapper, résister.

Il voyait bien qu'elle avait été très malade. Ses cils et ses cheveux s'étaient raréfiés, l'agressive corrosion des produits chimiques injectés à doses massives dans son organisme avait rendu son épiderme aussi lisse et lustré que le poli crémeux d'un galet de rivière, stigmates presque estompés mais qu'il était tout de même capable de reconnaître pour les avoir rencontrés chez Mathilde, rencontrés et aimés. Pendant le dîner, un mouvement intérieur irrépressible et d'une nature similaire aux élans qui l'avaient poussé, au plus fort de sa maladie, à faire passionnément l'amour avec sa femme en dépit de ses stigmates, et même en les acceptant, *en les adorant*, avait fait qu'il s'était rapproché de Marie pour être avec elle dans la plus grande proximité physique possible. Il voulait qu'elle se sente aimée de lui, ils parlaient, il voyait ou croyait voir sur son visage qu'elle avait été très malade et il ne l'en aimait que davantage, ce beau visage de survivante.

Nicolas ne pouvait plus détacher ses yeux de Marie. De ses yeux à elle s'échappaient des expressions furtives de joie, d'être ainsi contemplée. Il bandait. Il avait envie d'elle. Il avait envie de prendre soin d'elle. Qu'il ne lui arrive plus rien, jamais plus, strictement rien, plus jamais.

L'attirance qu'il éprouvait pour elle n'était rien d'autre que le bonheur qu'il sentait se répandre en lui qu'elle soit toujours en vie, et le désir ardent qui l'avait envahi qu'elle le reste.

Il ne voulait pas qu'elle meure. Il ne voulait pas qu'elle retombe malade. Nicolas était en train de devenir fou. L'apparition de cette inconnue lui avait révélé qu'une rétention émotionnelle considérable s'était accumulée en lui durant les derniers mois, confinant à la folie, une folie dans laquelle il ne savait pas qu'il était en train de s'enfoncer – car il en ignorait encore l'existence. L'idée que cette jeune femme puisse rechuter et mourir lui était tout simplement intolérable, tout simplement intolérable, tout simplement intolérable, tout simplement intolérable.

Après le dîner, Nicolas fait en sorte, et Marie aussi de toute évidence, qu'ils se retrouvent seuls devant le restaurant, et ils marchent pendant une heure dans les rues de Londres, ou dans celles de Bruxelles. C'est fort ce qui se passe entre eux. C'est beau. Ils ne vont pas abîmer cette beauté, il est si rare de la rencontrer, en cédant impulsivement, trop vite, trop tôt, à la hâte, avec passion et frénésie, au désir qui les gagne, c'est ce que leurs hésitations empreintes de tendresse pouvaient laisser croire par instants qu'ils pensaient, chacun laissant entendre à l'autre combien il est difficile de contenir ainsi en soi ces forces qui semblent vouloir les réunir, comme s'ils savaient qu'ils allaient finir bien sûr par flancher, et que leur nuit serait une nuit inoubliable, une nuit à faire l'amour. Leurs regards et leurs sourires étaient devenus explicites depuis déjà un bon moment tandis qu'ils dérivaient dans les rues de Londres, ou dans celles de Bruxelles, sur un petit nuage, le cœur léger. Bien entendu, Marie ne peut se douter de ce qui est en train de se passer de si spécifique dans l'esprit de Nicolas, et de quelle nature étrange est ce désir qui s'est emparé de lui, de lui pour elle la miraculée, la malade en rémission.

Nicolas finit par lever la main pour arrêter un taxi. Il invite Marie à y monter et sans qu'elle s'y attende il referme la porte sur elle, il lui adresse à travers la vitre un sourire accompagné d'un baiser lancé avec deux doigts et il tapote la carrosserie comme il l'aurait fait avec la croupe d'un cheval, le taxi démarre et s'éloigne au galop en emportant dans la nuit londonienne, ou dans la nuit bruxelloise, l'objet de son désir, pour ne pas dire de son amour.

Nicolas est dans un triste état.

Ce qu'il vient de vivre, ce désir insensé, instantané, d'une profondeur aussi tangible et terrifiante pour lui que celle d'un gouffre, il ne l'avait jamais rencontré auparavant dans sa vie (le désir qu'il avait senti naître en lui pour Mathilde, pour puissant qu'il avait été, était né plus lentement, il avait éclos comme une fleur, peu à peu, au fil des semaines), et il savait que ce désir inopiné avait à voir avec l'amour qu'il éprouvait pour sa femme, avec son désir qu'elle reste en vie, avec la peur qu'il avait eue qu'elle puisse mourir de son cancer du sein, aurais-je écrit dans *Une seule fleur*. Ce qui l'attirait, sexuellement, chez Marie, c'était qu'elle soit en vie, alors qu'elle aurait dû être morte. C'était d'entretenir l'existence de cette vie. Il voulait s'unir en elle au fait fragile et vacillant qu'elle soit encore en vie, pour que cette flamme ne s'éteigne pas.

Marie lui avait donné sa carte plus tôt dans la soirée, et lui la sienne, ils possèdent donc chacun leurs coordonnées respectives.

Nicolas se branle en rentrant dans sa chambre d'hôtel, il s'imagine faisant l'amour avec Marie, il aime son corps laiteux, ses seins lourds, ses hanches larges, il jouit sur la moquette mousseuse du cinq-étoiles, qui absorbe magiquement sa semence (quand il revient des toilettes dans la vaste chambre avec à la main un rouleau de papier hygiénique destiné à effacer les traces des jets nourris que la vision des fesses de Marie prise en levrette dans les coulisses du Barbican, ou dans celles du théâtre de la Monnaie, avait déclenchés, il n'y avait plus rien sur la moquette, plus aucune trace de sperme, elle avait tout assimilé et discrètement absous, ayant pour principe (facturé une fortune) d'effacer toute trace de malaise chez le client aisé, fermant les yeux sur ce qui ne doit pas être vu, en l'occurrence une star de la musique contemporaine se masturbant pitoyablement dans sa chambre d'hôtel au retour d'un dîner).

Le lendemain matin, honteux de lui avoir sans doute donné le sentiment, après cette promenade équivoque, de s'être perfidement défilé (en la poussant dans ce taxi-cheval qui l'avait soudain éloignée de leur désir nocturne), Nicolas fait envoyer à Marie par l'assistante du directeur du Barbican, ou par celle du directeur du théâtre de la Monnaie, un bouquet de roses blanches accompagné d'un bristol où il exprime en quelques phrases la joie qui a été la sienne de marcher avec elle dans les rues de Londres, ou dans celles de Bruxelles, mais non sans lui avouer que malheureusement, maintenir leur rencontre à la hauteur de ce que leur troublante proximité physique de la veille n'avait cessé de projeter entre eux deux s'avère être impossible, pour une raison qu'elle pourra facilement deviner, conclut-il.

(Dans mon esprit, Nicolas était un homme fidèle qui n'avait jamais trompé sa femme (comme on dit bêtement), il ne s'était jamais octroyé la moindre incartade extraconjugale, pas même une aventure discrète d'un soir avec une hautboïste quelconque lors d'une obscure tournée à l'étranger (je ne cite pas cet exemple par hasard, le roman serait peut-être revenu sur cette jeune hautboïste longiligne, rousse, poivrée, dont les pouvoirs de séduction considérables avaient mis à rude épreuve, une nuit, à Timisoara, la vertu de notre héros), alors que ni le désir de le faire, ni les occasions de passer à l'acte n'avaient manqué, à de fort nombreuses reprises même, ces dernières années.)

À la suite de quoi, après une efficace répétition générale avec l'orchestre, dont je précise que Nicolas allait le diriger, il va se sustenter, seul, vers quinze heures, dans un restaurant du quartier, pour se détendre, se concentrer, et surtout pour téléphoner à Mathilde.

Ce n'est pas sans difficultés, et presque en se fâchant, qu'il se débarrasse de tous ceux, salariés du Barbican ou du théâtre de la Monnaie, en particulier du département presse et communication, qui se font un devoir de ne pas laisser déjeuner en solitaire la nouvelle star de la musique contemporaine.

Il appelle Mathilde pour lui raconter son dîner de la veille, sa femme lui dit qu'il a une petite voix, il lui répond qu'il est intimidé par son concert, elle lui répond qu'il ne faut pas s'inquiéter, partout où il l'a jouée sa symphonie a été acclamée... qu'il ait le trac c'est bien normal mais pourquoi cette petite voix aujourd'hui, de quoi a-t-il peur ? Enfin tout de même, c'est quand même le Barbican (ou le théâtre de la Monnaie), ce n'est pas rien ! lui répond Nicolas, et sa femme lui rétorque qu'il dirigera sa symphonie au Lincoln Center de New York dans deux mois, qu'est-ce que ce sera au Lincoln Center de New York s'il est déjà dans cet état au Barbican de Londres (et a fortiori au théâtre de la Monnaie à Bruxelles) ! lui dit-elle tendrement, alors Nicolas finit par lui dire qu'il n'y a pas que son anxiété du concert de ce soir qui explique sa petite voix, la veille lors du dîner organisé par le directeur du Barbican (ou par celui du théâtre de la Monnaie) il avait beaucoup pensé à elle car il avait été placé à côté d'une femme qui avait été très malade, un cancer qui aurait dû lui être fatal mais dont elle avait miraculeusement réchappé. Nicolas parle alors à Mathilde de l'émotion qu'avait fait naître en lui le fait que cette femme ait survécu à un cancer incurable, il lui parle de son désir éperdu qu'elle reste vivante, et du refus effaré qui s'était emparé de lui qu'elle puisse rechuter et mourir, et que Mathilde puisse elle aussi rechuter et mourir... et que ces deux femmes si précieuses, si merveilleuses, puissent de nouveau être tourmentées par la réapparition de leur cancer respectif, et menacées de nouveau par la mort, et abîmées par les cures de chimio, et Nicolas, parlant en ces termes à Mathilde, et évoquant au téléphone, dans ce bistrot bio de Londres, ou dans celui encore plus bio de Bruxelles, le risque d'une récidive des cancers respectifs de Marie et Mathilde, du sang pour l'une, du sein pour l'autre, et son refus suprême de cette horrible fatalité, Nicolas éclate soudain en sanglots, les pleurs dont il contenait depuis quelques minutes le jaillissement impétueux explosent avec fracas dans sa phrase tandis qu'il dit à Mathilde le désir qu'il a eu, la veille, que cette femme ne meure pas, qu'elle vive. Je veux qu'elle vive, lui dit-il. Et toi aussi Mathilde je veux que tu vives... toi non plus tu ne peux pas mourir, tu ne vas pas mourir, je ne veux pas que tu meures... tu vas vivre, vous allez vivre... toutes les deux vous allez vivre, je le veux, lui dit-il, en larmes.

Nicolas allait pleurer toute l'après-midi.

Nicolas allait pleurer sans interruption jusqu'à environ dix-huit heures, dix-huit heures trente, en majeure partie dans ce bistrot bio de Londres, ou dans celui encore plus bio de Bruxelles où il avait choisi d'aller déjeuner (et où il avait fini par avaler une salade de quinoa au saumon, pour ne pas tomber d'étourdissement pendant qu'il dirigerait sa symphonie dans la grande salle du Barbican, ou dans celle du théâtre de la Monnaie). Il avait éteint son téléphone pour pouvoir pleurer sans être interrompu, il n'y avait rien qu'il désirait davantage que de pouvoir s'abandonner sans réserve à ces pleurs torrentiels, il lui semblait que des heures et des heures de larmes et de sanglots avaient été entreposées clandestinement ces derniers mois dans les profondeurs de son être et que les libérer était la seule chose et surtout la plus délectable qu'il pouvait faire en ce jour. Il aurait pu pleurer comme ça encore des heures, toute la nuit, jusqu'au lendemain matin (il en sentait largement la ressource en lui, et l'envie, l'envie profonde), s'il n'avait pas décidé qu'il fallait que ça s'arrête, afin de pouvoir diriger sa symphonie dans un état convenable, physiquement aussi bien qu'émotionnellement. Quand Nicolas avait rallumé son téléphone portable, il avait constaté que diverses personnes avaient tenté de le joindre durant les trois dernières heures, pour savoir où il se trouvait, ce qui se passait, pourquoi il avait disparu comme ça sans prévenir personne. Il ne s'était pas présenté à plusieurs rendez-vous, en particulier avec le critique musical de *The Independant*, ou bien avec celui du *Soir*, et avec une équipe de télévision venue filmer les préparatifs du concert. On était visiblement inquiet pour lui, Nicolas ayant la réputation d'être un artiste fiable et ponctuel.

Le concert qu'il donnera ce soir-là à la Scala de Milan (finalement, après des semaines d'atermoiements, j'avais opté un matin pour la Scala de Milan et n'en démordrais plus par la suite, abandonnant l'idée du Barbican et du théâtre de la Monnaie, où mon héros irait jouer ultérieurement), le concert que donnera Nicolas ce soir-là à la Scala de Milan restera dans les annales de l'institution comme une soirée d'anthologie telle qu'il s'en produit deux ou trois tout au plus dans la vie d'un mélomane amateur de soirées symphoniques, la nouvelle coqueluche de la musique contemporaine n'ayant jamais dirigé sa fameuse symphonie, ni fait agir sur le public le sortilège de sa partition, avec autant de vérité, de magnétisme. Il avait semblé aux privilégiés qui avaient eu la chance de se trouver dans la salle ce soir-là que Nicolas, apparu au public étonné comme un écorché vif, un artiste d'une sensibilité exacerbée, rarement observée chez un chef d'orchestre ou un compositeur dirigeant lui-même sa propre musique (on eût juré qu'il grelottait de froid), cédant soudain à l'émotion qui l'avait de toute évidence envahi, avait dirigé son grand œuvre en pleurant, et que de silencieux sanglots avaient parfois soulevé l'exécution dudit grand œuvre en de douces convulsions ondoyantes. Le son majestueux de l'orchestre symphonique, tel le flanc sombre et musculeux d'un animal fiévreux, s'était mis par instants à amplement tressaillir, comme si le son lui-même avait retenu ses larmes et qu'eussent monté par instants des ténèbres de son abyssal organisme d'irrépressibles vagues d'émotion qui déformaient passagèrement la musique – celle-ci semblait alors se refléter en ondulant dans un très vieux miroir, ou à la surface troublée d'un étang. Nicolas dirigeait son œuvre avec l'exactitude requise par le prestige des lieux, mais les sanglots à blanc, sans munitions lacrymales, qui continuaient d'advenir dans sa poitrine à intervalles réguliers l'entraînaient à faire réagir à l'unisson, comme s'il s'était agi d'un prolongement émotionnel de sa personne, d'une annexe respirante, ce monstre immense et frémissant qu'était l'orchestre si sensitif étendu devant lui, lequel avait été saisi par conséquent des mêmes soupirs intérieurs onctueux que ceux qui explosaient au ralenti dans la poitrine inconsolable de Nicolas, pouuuh, pouuuh, pouuuh, et Nicolas avait connu une sorte d'ivresse, depuis le cœur de son imploration, à ainsi communier sans retenue avec ces quatre-vingts musiciens, qui suspendus par le regard à sa main larmoyante, éperdus et avides de nuances, de lumière, éplorés, avaient répercuté les plus infimes des soubresauts de la baguette, on eût juré à les entendre jouer qu'ils se seraient laissé conduire aveuglément jusqu'au bord de l'abîme, au plus profond de la vie intérieure de Nicolas, dussent-ils y être à jamais engloutis. Et s'il s'était abandonné à ce dialogue si impudique avec l'orchestre, tombant le masque, se comportant avec eux comme un homme seul face au miroir de sa salle de bains, ou devant son journal intime, non pas muni de sa baguette de chef mais avec entre les doigts le crayon confident du diariste, ou bien une brosse à dents moussant de dentifrice, se confiant à lui-même sa propre souffrance, ses propres frayeurs, c'est que rien d'autre n'avait été présent dans son esprit ce soir-là que Marie et Mathilde. D'une certaine façon, Nicolas s'était trouvé propulsé dans le même état mental que celui qu'il avait connu quand composant sa symphonie magique il la faisait entendre chaque soir à sa femme au piano, dans leur chambre à coucher, la chambre des époux, pour l'aider à guérir : il l'avait dirigée ce soir-là à la Scala de Milan de la même façon qu'il l'avait écrite, il lui avait semblé, et pour la première fois, refaire *exactement* le même chemin que pendant l'écriture, mais en accéléré, en direct, comme en rêve, revivant intégralement la création de son œuvre, repassant précisément par les mêmes endroits, les mêmes émotions, les mêmes émerveillements, *la comprenant de nouveau de l'intérieur note après note, sa symphonie magique* (et non la rejouant, la redonnant, se la remémorant, ce qu'on fait généralement quand on dirige une œuvre qu'on a écrite), comme s'il dépendait du sublime de son exécution que Marie vive, ou qu'elle ne vive pas, comme s'il dépendait du sublime de son exécution que

Mathilde vive, ou qu'elle ne vive pas, comme s'il dépendait du sublime de son exécution que les spectateurs vivent, ou qu'ils ne vivent pas... et il avait exprimé ce soir-là, par sa direction d'orchestre, qu'il était prêt à tout donner de lui, *tout*, y compris se dénuder devant le public de la Scala de Milan, pour que la vie demeure le plus longtemps possible en Marie et Mathilde, et que leur cancer respectif, du sang pour l'une, du sein pour l'autre, ne récidive jamais... et que la maladie disparaisse de leur vie mais aussi de celle de toutes les femmes malades du monde, de toutes les femmes malades et condamnées du monde, à tout jamais, à tout jamais, à tout jamais, finale.

Après la dernière note, un silence insolite s'était fait dans la salle de la Scala de Milan. De mémoire de spectateur, et Dieu sait qu'elle est élevée la moyenne d'âge des spectateurs de la Scala de Milan, et que cette moyenne d'âge fait remonter loin en arrière ladite mémoire des soirées mémorables de la Scala de Milan, on n'avait jamais entendu à la Scala de Milan un silence aussi massif, aussi profond, au sortir d'une symphonie. Elle avait très bien porté son nom ce soir-là cette symphonie (*La Belle au bois dormant*, je crois avoir omis de vous en donner le titre, pardonnez-moi), car les spectateurs pétrifiés ressemblaient à s'y méprendre aux sujets assoupis du royaume du conte, comme suspendus en plein mouvement, évanouis sur leur siège, immobiles, le regard fixe dirigé vers l'orchestre, avant de se lever d'un seul élan et d'applaudir en hurlant *bravo ! bravo ! bravo !* pendant près d'une vingtaine de minutes, au gré d'une douzaine de rappels.

Ce fut la *standing ovation* la plus extraordinaire de l'histoire de la musique contemporaine.

Nicolas, depuis qu'il la jouait dans les philharmonies du monde entier, avait l'habitude que le sortilège logé au cœur de sa symphonie hypnotique produise sur le public, une fois achevée, une sensation momentanée de désarroi, comme si le spectateur avait besoin d'un instant de réorientation de son esprit pour se réveiller du songe puissant et étrangement localisé où son organisme avait été doucement entraîné par la musique, pour ne pas dire égaré, comme égaré dans une forêt gigantesque, emplie de sangliers pensifs et amoureux. Mais ce soir-là cet instant avait duré plus longtemps que jamais : l'œuvre elle-même mais surtout l'émotion si *spéciale* de son exécution avaient littéralement statufié l'assistance, avant que celle-ci n'embrase la salle de la Scala avec la même exubérance endiablée et joviale que le public du Teatro Lirico avait perturbé, quarante ans plus tôt, dans un quartier voisin, l'autistique performance de John Cage.

Dans les milieux musicaux du monde entier la rumeur s'empare de ce concert prodigieux que nul n'a vu excepté six cents Milanais le cul bordé de nouilles. Le nombre d'invitations à se produire à l'étranger redouble. Martin Scorsese fait savoir à Nicolas qu'il aimerait que ce soit lui qui compose la musique de son prochain film. L'agent de Nicolas est littéralement débordé par les propositions et fait adroitement monter les enchères.

Le concert au Lincoln Center de New York se passe on ne peut mieux. La critique musicale new-yorkaise, réputée si vétilleuse, se montre aussi enthousiaste qu'elle peut l'être à l'égard d'un artiste européen, *français* de surcroît. Une pleine page dans le *New York Times* vient saluer ce qu'il convient de considérer selon eux comme la naissance d'un grand compositeur *conceptuelo-romantique*, étiquette que Nicolas se laisse accrocher sans déplaisir car il s'y reconnaît : malgré les injonctions et les sarcasmes, ces dernières années, d'un cénacle de mélomanes sectaires et méprisants (se considérant du côté de l'extrême modernité quand en réalité leur goût les incline au rance, au *convenu* de la soi-disant *subversion contemporaine*), Nicolas a en effet toujours refusé de choisir entre une certaine froideur radicale et hautaine de cuirassé nucléaire d'un côté, et la candeur, l'ingénuité, la tendresse et les effusions romantiques d'un esprit affamé d'émerveillement et d'idéal de l'autre, c'est-à-dire d'universel, positionnement qu'exprimait exemplairement sa symphonie magique *La Belle au bois dormant*, comme le soulignait avec finesse le critique musical du *New York Times*.

Il dirige sa symphonie au Barbican de Londres, et dans la foulée au théâtre de la Monnaie, à Bruxelles.

En mars 2009, Nicolas croise à Paris, rue de La-Tour-d'Auvergne, accompagné d'une inconnue, le directeur de la Scala de Milan, avec lequel il bavarde quelques instants tandis que l'inconnue, jolie et joliment chaussée, s'étant écartée d'eux d'une dizaine de mètres, s'intéresse à la vitrine d'une boutique de vêtements *vintage*. Ils sont heureux de se voir. Le directeur de la Scala de Milan lui dit qu'il ne se passe pas une semaine sans qu'on lui parle du concert inoubliable que Nicolas y a donné. Il lui promet de le prévenir lors de sa prochaine venue à Paris, ils déjeuneront ensemble. Avant qu'ils ne se séparent, Nicolas songe à demander au directeur de la Scala de Milan s'il sait comment va Marie, il garde un excellent souvenir du dîner qu'il a passé en sa compagnie – et soudain le visage du mélomane s'assombrit. Tu n'es pas au courant ? lui demande-t-il, et Nicolas lui répond :

Mais au courant de quoi ? Il s'est passé quelque chose ? Tu sais, je ne suis pas en contact avec elle, je garde seulement un merveilleux...

Elle a rechuté, l'interrompt le directeur de la Scala de Milan. Une récidive extrêmement grave. On ne sait pas si elle pourra s'en sortir cette fois-ci. Ses médecins sont pessimistes. Mais comme la dernière fois on lui avait déjà annoncé qu'elle allait mourir dans les six mois... (Pause. Inspiration.) Ah, Nicolas... reprend-il, les larmes aux yeux. Marie est une très grande amie, je l'aime beaucoup. J'essaie d'aller lui rendre visite le plus souvent possible.

Nicolas est instantanément foudroyé par cette nouvelle. Son corps s'est vidé d'un seul coup. Il sait que son visage est devenu blanc. Il a envie de pleurer.

Embrasse-la pour moi. Dis-lui que je pense à elle. Je n'oublierai jamais la promenade qu'on a faite dans les rues de Milan.

Je sais, elle m'a dit.

Ah, elle t'a dit...

Elle t'aime beaucoup, tu sais...

...

Écris-lui Nicolas. Envoie-lui un SMS. Appelle-la même. Ça lui fera plaisir. Tu as ses coordonnées ?

Oui oui, je les ai, merci, je vais le faire. Tu as raison. Je vais l'appeler. Excuse-moi, je suis un peu abasourdi.

Moi aussi je le suis. Allez, à bientôt Nicolas, on m'attend, conclut le directeur de la Scala de Milan en désignant du regard l'inconnue qui un peu plus loin, sur le trottoir opposé, car elle a entre-temps traversé la rue, inspecte avec convoitise la vitrine d'une autre boutique *vintage*.

Le samedi suivant, deux jours plus tard, tandis qu'il s'éveille, Nicolas entend son fils cadet demander à Mathilde, dans la cuisine : *Ça veut dire quoi maman soliflore ?* et Mathilde lui répond : *Une seule fleur… c'est un vase qui ne peut recevoir qu'une seule fleur…* et il le trouve si émouvant et lumineux ce bref dialogue intercepté dans son demi-réveil, dans la pénombre de sa chambre, dans la douceur tout amniotique de ce samedi matin, qu'il décide, en refermant les yeux, amoureux fou de Mathilde et de cette délicate intimité familiale, qu'il partira pour Milan lundi matin afin d'assurer Marie de son soutien, lui montrer qu'elle n'est pas seule et qu'il est là, qu'elle peut compter sur lui, qu'il ne la laissera pas mourir.

Il n'est pas sans distinguer que cette idée est absurde, indéfendable. Après tout il ne la connaît pas cette femme, il n'a passé avec elle qu'une seule soirée (un dîner suivi d'une brève promenade équivoque dans les rues de Milan). Mais cette idée n'avait pas même fini d'éclore dans son cerveau ensommeillé qu'elle était déjà devenue une *décision*, et il savait, il se connaissait bien Nicolas, qu'il ne reviendrait pas en arrière, toute périlleuse et infondée qu'elle pouvait être.

Qu'on le veuille ou non, et quel que soit le nom qu'on peut lui donner, y compris un nom qui n'existe pas et qu'il faudrait peut-être alors se préoccuper d'inventer, correspondant à un concept non encore formulé, non encore éclairé ou illustré par aucune fable, par aucun mythe, un sentiment particulier était apparu chez Nicolas lors de ce dîner et la réalité de ce sentiment insaisissable s'était métabolisée le lendemain à l'heure du déjeuner à la faveur de sa poignante conversation avec Mathilde puis lors de son concert à la Scala de Milan, où je rappelle que Nicolas aura été le premier compositeur de l'histoire de la musique à faire sangloter un orchestre symphonique, chose aussi inouïe que si un jour un dompteur de cirque trouvait le moyen de faire pleurer un lion, ou encore un vieil éléphant, mais alors ce qui s'appelle pleurer – et ce sentiment particulier apparu chez Nicolas lors de ce fameux dîner était sans doute de nature à justifier qu'un homme comme Nicolas, amoureux de sa femme et fidèle, et par ailleurs plutôt rationnel, ou disons raisonnable, c'est-à-dire a priori peu enclin aux actions fantasques, aventureuses (en dehors du champ de la musique bien entendu, où en revanche il savait prendre les risques les plus dangereux), et ce sentiment particulier était sans doute de nature à justifier qu'un homme sensé comme Nicolas, donc, disais-je, décide de partir à Milan sur un coup de tête pour secourir la femme à laquelle le lie indéfectiblement ledit sentiment particulier et ô combien mystérieux dont il est ici question, et qui n'a pas encore de nom.

Entendre depuis leur chambre, la chambre des époux, celle-là même où Nicolas avait joué chaque soir à Mathilde, au piano, au fur et à mesure de sa composition, la symphonie magique qu'il écrivait pour la guérir, entendre Mathilde répondre à leur petit garçon, dans la cuisine, *Une seule fleur… c'est un vase qui ne peut recevoir qu'une seule fleur…* avait déclenché l'évidence, dans l'esprit accablé de tristesse de Nicolas, deux jours après qu'il eut appris, rue de La-Tour-d'Auvergne, du directeur de la Scala de Milan, que Marie avait rechuté, avait déclenché l'évidence qu'il ne pouvait décemment pas la laisser seule, si ce n'est dans les faits tout du moins par la pensée, et comment mieux convaincre une femme qu'on pense à elle et la soutenir ainsi dans son combat contre un cancer a priori incurable qu'en se déplaçant pour le lui dire *les yeux dans les yeux*, surtout si cette femme doit bientôt mourir et que de ce fait, si on doit la regarder un jour de nouveau *les yeux dans les yeux*, ce ne peut être que sans attendre, le directeur de la Scala de Milan n'ayant donné à Nicolas aucun indice sur le nombre de semaines que ses médecins lui accordaient ? Mais n'a-t-on pas chacun plusieurs exemples en tête de connaissances ayant succombé à l'irruption soudaine d'un cancer foudroyant en seulement quelques semaines, en une vingtaine de jours ? Il fallait donc que Nicolas aille voir Marie dès le lundi, avant d'être de nouveau entraîné par ses tournées internationales qui reprenaient trois jours plus tard.

C'est ce que j'aurais raconté dans *Une seule fleur* si j'avais eu la force de l'entreprendre, ce roman que je rêvais d'écrire.

Le samedi en fin d'après-midi, après une agréable promenade dans Paris avec Mathilde et leurs deux garçons (il fallait leur acheter à chacun des baskets, déjà ?! mais on leur en a déjà acheté il y a deux mois ! qu'est-ce qu'ils grandissent vite à cet âge !! *ils ont besoin de nouvelles paires de baskets tous les deux mois ??!!*), Nicolas annonce à sa femme qu'il a parlé avec le directeur de la Scala de Milan et qu'une affaire urgente l'appelle à Milan en début de semaine. Il ne lui ment pas, comme on peut l'observer, scrupule respectueux (phrase préparée avec le plus grand soin), mais notons que sa tâche lui est grandement facilitée par le fait que Mathilde, femme digne et entière, souveraine, supérieurement intelligente, ne lui pose jamais aucune question sur la façon dont il emploie son temps. D'abord elle n'était pas jalouse, ensuite elle répugnait à s'abaisser à l'humiliation du soupçon d'adultère (qu'à juste titre elle trouvait dégradant, injurieux, avilissant pour sa personne), mais surtout elle avait compris très tôt qu'elle devait laisser à l'artiste logé chez l'homme qui lui tenait lieu d'amoureux et d'époux un minimum de liberté de mouvement et d'imagination, elle savait qu'elle devait accepter dans la vie de Nicolas la persistance de zones secrètes où elle ne pénétrait pas, bordées de barbelés, des sortes de Berlin-Est dont elle était séparée par un haut mur autoritaire hérissé d'épines de verre cassé traversant leur vie conjugale de part en part. Elle s'en accommodait d'ailleurs fort bien, on pourrait même aller jusqu'à affirmer qu'elle se sentait rassurée de constater que cette part insurrectionnelle de la vie intérieure de son mari, que cette part farouche et revêche, jalouse de son indépendance et même possiblement dangereuse à l'égard de toute tentative d'intrusion étrangère, non seulement ne s'était pas rétractée avec l'âge mais paraissait toujours aussi vivace, juvénile, excessive, sur le qui-vive, que lorsque eux deux s'étaient rencontrés, presque vingt ans plus tôt, d'après ce qu'elle pouvait en juger depuis son point de vue d'épouse amoureuse, un promontoire admirable.

Mathilde lui demande quel jour il compte partir et

Nicolas lui répond qu'il doit être à Milan dès lundi, il partira soit demain soir, soit lundi à l'aube, il doit voir sur Internet quels sont les vols encore disponibles. Et tu rentres quand ? Je ne sais pas encore, lui répond Nicolas. Mardi ou mercredi. De toute manière je dois être à Paris au plus tard mercredi soir, je repars en tournée jeudi matin. Où déjà ? j'ai oublié... tout est noté sur la porte du frigo mais j'ai oublié... Tu sais, c'est ma tournée avec l'Orchestre de Paris, lui répond Nicolas. Allemagne, Autriche, Hongrie... Ah oui, c'est vrai, je suis bête, c'est ta tournée avec l'Orchestre de Paris, lui répond Mathilde. C'est vrai, bien sûr, c'est génial, où avais-je la tête ?!

Elle est merveilleuse. Mathilde est irremplaçable. Il l'aime à la folie.

Depuis qu'il a fortuitement formulé cette hypothèse devant sa femme, Nicolas se dit qu'atterrir à Milan dimanche en fin d'après-midi plutôt que lundi matin serait magnifique. Il se persuade que cette idée de pénétrer dans la ville un dimanche, une fois la nuit tombée, clandestinement pour ainsi dire, comme s'il allait sortir de sa vie et s'enfoncer pour s'y réfugier dans une belle et profonde anfractuosité du monde réel, hors du temps, hors d'atteinte, hors de toute contingence, s'allie idéalement à l'envie qui lui est venue de partir à Milan pour assurer Marie qu'il sera à ses côtés dans son combat contre la maladie, et c'est pourquoi il se met à espérer de tout cœur qu'il trouvera le vol adéquat.

Nicolas se rend sur le site Internet d'Air France et consulte les horaires, il y a un vol à 15h25 qui arrive à

16h55, un vol à 18h10 qui arrive à 19h35 (ça c'est parfait), et enfin un vol à 19h50 qui atterrit à 21h15.

Malheureusement, le seul vol encore disponible, les autres étant déjà complets, est celui de 19h50, horaire idéal vis-à-vis de Mathilde car il consolide la crédibilité de son rendez-vous professionnel impromptu à Milan dans la matinée du lundi, mais plus problématique car trop tardif sans doute pour une visite de courtoisie décente s'il souhaite pouvoir se rendre chez Marie le dimanche soir, ce qui serait décidément la porte rêvée pour pénétrer dans ce séjour à l'inspiration si étrange, se répète-t-il avec anxiété devant son ordinateur. Nicolas avait envie d'obscurité, de mystère et d'irréalité, il ne voulait pas aller sonner chez Marie à l'heure banale et prosaïque, transparente, éventuellement pluvieuse, où les gens arrivent à leur bureau. Au contraire, il se sentait dans le même état de densité et de disposition à l'enfouissement et au secret que s'il s'apprêtait, au seuil de ce départ intempestif pour l'Italie, à composer une symphonie, une symphonie qu'il composerait cette fois avec l'orchestre de son désir, de sa vie intérieure, avec la matière même de son imaginaire, avec le temps et l'épaisseur du temps, avec les jours et les nuits qui allaient les réunir, Marie et lui – mais surtout avec cet ingrédient obscur et fascinant qu'il avait senti naître et s'épanouir en lui deux ans plus tôt le jour où il avait pleuré toute une après-midi dans un bistrot bio non loin de la Scala, en d'autres termes avec ce sentiment particulier et non encore nommé qui le liait à elle. Oui, ce court séjour au territoire encore inconnu, sans parenté avec rien d'antérieur, sans identité répertoriée, parfaitement insulaire et réductible à rien d'autre qu'à son opaque et prodigieuse originalité, ce court séjour lui procurait la sensation d'être comme une œuvre d'art dont la conjointe fabrication les abriterait tous deux pendant le temps qu'il resterait à Milan, au plus près de ce que sont la vie, la beauté de la vie, le mystère de la vie, la fragilité de la vie, exactement comme s'ils allaient *créer* quelque chose, Marie et lui, *ensemble*, pendant trois jours (s'il se confirmait qu'il restait bien trois jours en sa compagnie), quelque chose dont il ignorait encore la nature et c'est cela précisément qui l'excitait, de la même façon qu'il éprouvait toujours une grande excitation quand il sentait frémir en lui l'apparition encore ténue et aurorale d'une pièce qui demanderait bientôt à s'écrire, sans qu'il sache encore très bien ce qu'elle serait.

Bien entendu, Nicolas n'allait pas à Milan pour faire l'amour avec cette femme, il n'y allait pas davantage par amitié (il ne la connaissait pas), il n'y allait pas non plus pour se procurer la matière d'une œuvre musicale (comme cela peut advenir avec les artistes, méfions-nous), il s'agissait de tout autre chose, il le sentait confusément, mais sans savoir réellement quoi. Et c'est peut-être la raison pour laquelle il cédait sans résistance à cette nécessité subite et virulente, à maints égards injustifiable, pour l'élucider, pour s'éprouver lui-même et éprouver le monde réel par l'exercice déterminé et instinctif de cette brûlante curiosité, comme si celle-ci avait été susceptible de le conduire peu à peu jusqu'à des espaces inconnus, *un fascinant lac souterrain* (comme ces enfants qui découvrent des grottes fabuleuses en s'introduisant innocemment, au hasard de leurs jeux, dans l'orifice presque obstrué d'un gros terrier).

Ou alors on pourrait dire qu'il y allait par tristesse, cette tristesse étant l'émanation de ce sentiment particulier apparu à l'égard de Marie la veille de son fameux concert à la Scala de Milan, deux ans plus tôt, et qui n'a pas encore de nom.

Nicolas achète son billet avant même d'informer Marie de sa venue, et de sa venue tardive de surcroît, il se dit que c'est de cette façon qu'il doit procéder, sans prendre de précautions mesquines et ordinaires, il paie avec sa carte bancaire professionnelle et imprime son billet.

À la suite de quoi il commence à composer le SMS qu'il va lui envoyer.

La savoureuse odeur d'un pot-au-feu cuisiné par Mathilde et mijotant doucement dans sa marmite volumineuse et argentée embaume l'appartement. C'est le plat préféré de Nicolas (ses enfants se moquent toujours de lui parce que selon eux au moins quinze plats sont prétendument ses plats préférés, ce qui n'est pas tout à fait faux) et c'est lui-même qui le matin, au marché, a fait part à Mathilde de son envie d'un pot-au-feu.

Chère Marie. J'ai croisé le directeur de la Scala dans la rue cette semaine. Je viens à Milan. J'atterris demain soir à 21h15. C'est tard, je sais, mais rien ne me ferait plus plaisir que de pouvoir vous voir dès demain soir, vers 22h00. Chez vous ou ailleurs, dans un bar, où vous le souhaitez, à votre convenance. Dites-moi. Je me réjouis de vous revoir. Je révoque le cheval noir de ce taxi intempestif et son absurde galop nocturne. Je vous embrasse et vous souhaite une belle soirée, Nicolas.

Il se relit.

Il entend Mathilde parler à Donatien, leur fils cadet.

L'aîné est en train de regarder un film dans leur chambre, la chambre des époux.

Il hésite.

Il se relit.

Il retire le mot *intempestif*, par trop coquet compte tenu des circonstances (elle va bientôt mourir). À ce sujet il précise, après mention de la rencontre avec le directeur de la Scala de Milan : *Il m'a dit.* Il faut quand même qu'elle sache que Nicolas est au courant de sa rechute. Il ajoute même, pour que la situation soit le plus claire et éclatante possible : *Je viens vous voir.* Il supprime donc logiquement : *Je viens à Milan.* Il ajoute qu'il atterrit à Milan. Et il remplace, un peu plus loin, pour éviter la répétition, le verbe *voir* par le verbe *rencontrer.* Non, mieux, par le verbe *retrouver.*

Voilà.

Relisons-nous :

Chère Marie. J'ai croisé le directeur de la Scala dans la rue cette semaine. Il m'a dit. Je viens vous voir. J'atterris à Milan demain soir à 21h15. C'est tard, je sais, mais rien ne me ferait plus plaisir que de pouvoir vous retrouver dès demain soir, vers 22h00. Chez vous ou ailleurs, dans un bar, où vous le souhaitez, à votre convenance. Dites-moi. Je me réjouis de vous revoir. Je révoque le cheval noir de ce taxi et son absurde galop nocturne. Je vous embrasse et vous souhaite une belle soirée, Nicolas.

Il rajoute, en se relisant, après le mot convenance : *C'est important.*

C'est bien, comme ça.

Il envoie le SMS en plissant joues et bouche (il est conscient d'appuyer sur le détonateur d'un puissant explosif), met son smartphone sur mode avion et se rend dans la cuisine pour y rejoindre Mathilde et leurs deux garçons, se promettant de ne consulter son écran qu'à l'issue du dîner. Il ne souhaite pas laisser l'attente anxieuse d'une réponse éventuelle de Marie envahir entièrement ses pensées, distraire de sa famille l'attention qu'en ce doux samedi soir elle était bien en droit d'attendre de lui, ou bien encore rendre insipides à ses papilles préoccupées les saveurs du pot-au-feu. À supposer d'ailleurs que Marie lui réponde, car qu'allait-elle penser d'un message aussi bizarre ? Il ne le savait pas et ne souhaitait pas y penser.

Pot-au-feu délicieux, ambiance festive, rires, joie, bonne humeur générale. Nicolas avait ouvert pour l'occasion (laquelle ? sa décision d'aller à Milan ? la réussite du pot-au-feu ? l'amour insubmersible qu'il éprouvait pour Mathilde ? je n'en sais rien), un châteauneuf-du-pape du Domaine Saint-Préfert que lui avait offert le compositeur Bruno Mantovani, homme exigeant dont l'estime et l'amitié jamais démenties stimulaient Nicolas et même lui réchauffaient le cœur, disons-le sans pudeur, depuis de nombreuses années : il l'aimait vraiment beaucoup.

À la tienne, Bruno ! dit Nicolas en levant son verre (il savait que Bruno était à Florence). Et surtout à nous, à notre amour, ajoute-t-il en faisant tinter son verre contre le verre de Mathilde, à quoi Mathilde lui répond, dans un tendre sourire : À notre amour, Nicolas.

À l'époque où je prenais des notes pour *Une seule fleur*, comme il composait pour l'Opéra Bastille la musique d'un ballet d'Angelin Preljocaj dont j'avais écrit le livret, *Siddharta*, Bruno Mantovani me téléphonait plusieurs fois par semaine pour m'interroger sur l'histoire, les gestes et les pensées des personnages, l'atmosphère des scènes et les enjeux dramaturgiques de chacune, afin d'élaborer la musique et la tessiture orchestrale les plus justes et les plus suggestives possible. Et c'était un tel régal de travailler avec Bruno Mantovani, chez lui, rue Laffitte, et de l'entendre me chanter sa partition d'orchestre griffonnée au crayon de papier sur de gigantesques feuillets, que j'avais enregistré au magnétophone plusieurs de nos séances de travail, pour pouvoir injecter ses phrases et leur lexique dépaysant dans le roman qu'alors j'envisageais d'écrire, *Une seule fleur*, mais j'ai malheureusement égaré les enregistrements de ces conversations où il me décrivait son poème symphonique *Siddharta* en imitant chacun des instruments de l'orchestre, sinon, vous pensez bien, j'aurais déjà exploité ici même depuis longtemps de tels morceaux de bravoure.

Après le dîner, Nicolas se rend dans son bureau, suspend le mode avion de son smartphone et prend immédiatement connaissance du message que Marie vient tout juste de lui faire parvenir.

Il a bien fait de ne pas consulter son téléphone plus tôt dans la soirée car il se serait mis à paniquer en constatant que Marie tardait à lui répondre, il se serait demandé avec angoisse s'il n'avait pas commis un impair inexcusable en manifestant pour cette femme condamnée des intentions si urgemment démonstratives et emphatiques qu'elle aurait pu les ressentir comme plus que maladroites, dénuées du moindre tact et quasi funéraires, comme si déjà il l'enterrait, mais par bonheur Marie n'a pas mal pris l'annonce de sa venue impromptue à Milan dans le but de la voir et c'est pour Nicolas un soulagement incomparable, comme un feu d'artifice dans son ventre.

Cher Nicolas,

Je suis très heureuse d'avoir de vos nouvelles !

Ce serait une jolie surprise que de vous voir apparaître chez moi demain soir, même tard.

Malheureusement, je dois tout de même vous avertir que je ne suis plus la femme que vous avez juchée une nuit sur ce cheval rapide, pour que cette nuit n'ait pas lieu ! (Pour que cette nuit n'ait pas lieu : comme c'est beau, comme c'est bien trouvé ! se dit alors Nicolas, très ému, en lisant cette phrase.) *Elle n'existe plus, cette femme. Je ne sais pas si je suis prête à absorber le choc, l'angoisse peut-être et sans doute l'inquiétude que mon apparence ne manquera pas de provoquer dans vos yeux demain soir, comparée au souvenir plus agréable qu'elle aura laissé dans votre mémoire, tout du moins je l'espère !* ☺ *Mais si vous insistez, et si c'est aussi important pour vous que vous avez la gentillesse de le prétendre dans votre message, je vous recevrai, et vous donnerai mon adresse par retour.*

C'est pour moi une immense joie que vous pensiez à moi. Et bien sûr de vous revoir.

Je vous embrasse tendrement,

Marie.

Le cœur de Nicolas bat fort. Une émotion étrange a envahi sa poitrine.

Chère Marie,

Merci pour votre réponse, dont la délicatesse me touche infiniment. Il est bouleversant votre message. Il me conforte dans mon désir de venir à Milan demain soir pour vous voir. J'ai hâte. À demain, belle nuit, Nicolas.

Par retour de SMS, Marie lui envoie son adresse et quelques indications pour parvenir jusqu'à son appartement, avant de conclure :

Je vous attendrai avec impatience, Nicolas. Rien ne pouvait me faire plus plaisir que l'annonce de votre venue à Milan. Non, rien au monde n'aurait pu me procurer une telle joie. C'est un cadeau sublime que vous me faites. Je crois que je peux me permettre de vous le dire aussi simplement, aussi directement, dans la situation où je suis. Je vous embrasse, Marie.

4

Ce que je n'ai pas encore dit, au sujet de Mathilde et Nicolas, car l'opportunité de le faire ne s'est jusqu'à maintenant pas encore présentée, mais sans doute aurait-ce été le moment idéal, dans *Une seule fleur*, si je l'avais écrit, pour apporter ces précisions, c'est que la maladie de Mathilde avait laissé dans son sillage un peu plus de nuisances ou de cicatrices qu'ils avaient bien voulu se l'avouer et le laisser entendre à leur entourage – notamment parce qu'il avait fallu du temps, comme après de grands remous dans une eau trouble, pour que retombent peu à peu dans leur vie les particules de ce qu'avaient soulevé en eux le cancer de Mathilde, son lourd traitement et la période de mélancolie qui en avait résulté, en d'autres termes pour établir ce qui devait être considéré comme définitif et irréversible, et ce qui était de nature au contraire à s'évaporer à brève échéance, je parle là naturellement de la façon dont la maladie peut reconfigurer certains aspects de la vie intime ou organique du malade en rémission.

Le passage de son cancer du sein n'était pas allé en

outre sans intensifier, et cela compliquait singulièrement la donne, ce qui en elle depuis toujours plaisait le plus à Nicolas – et pouvait être regardé, même, comme le fondement métaphysique de son personnage (j'emploie à dessein le mot *personnage* : d'une certaine façon Mathilde avait toujours été pour Nicolas un *personnage*) –, alors même qu'à certains égards cette accentuation des traits les plus saillants de sa personnalité pouvait être envisagée comme délétère, et c'était là le paradoxe auquel ils avaient été confrontés elle et lui à l'issue de la maladie, paradoxe que le besoin de temps évoqué plus haut avait ancré, presque installé : la séduction ténébreuse de cette identité rénovée rendait envisageable qu'on ne considère pas comme relevant d'une urgence absolue la nécessité de remédier aux séquelles laissées chez Mathilde par son cancer du sein, car quelques-unes de ces séquelles ne déparaient pas le mystère, la grâce de cristal, la noire et venimeuse aura romanesque dont Mathilde avait toujours été environnée, aux yeux de Nicolas.

Ce qu'avait accentué en elle, aux yeux de Nicolas, dans les mois qui avaient suivi sa rémission, l'épreuve de son cancer du sein, c'était sa différence irréductible d'avec les autres femmes, une forme de *cassabilité* qui lui était particulière, accompagnée d'une très grande force.

La première fois que ses yeux s'étaient posés sur Mathilde, dans une fête chez des amis communs, cela l'avait immédiatement attiré qu'elle fût glaciale et silencieuse, intimidante, en retrait du tumulte alentour, comme exilée du spectacle où pourtant elle figurait, immobile près d'un citronnier en pot.

Nicolas avait toujours été séduit chez elle par cette contenance anachronique de femme ancienne, ou plus exactement de femme intemporelle, non fluctuante, ce qui ne voulait pas dire qu'elle n'était pas une femme de son temps, la preuve, Mathilde occupait dans son époque, en tant que consultante en stratégie, une place qu'on pourrait qualifier d'affirmée, voire d'offensive, de très contemporaine en tout cas. Mais elle n'était réductible à rien d'autre qu'à son éminente rareté de pierre précieuse, à sa verticalité de pic, elle se comportait chaque jour avec une rectitude, une exigence et une hauteur de vue qui n'avaient jamais cessé de plaire à Nicolas, comme si la femme avec laquelle il partageait sa vie avait suivi jour après jour sous ses yeux incrédules une ligne qu'elle seule avait la faculté de discerner (quand la plupart de nos contemporains nous donnent le sentiment de suivre souvent des lignes convenues, collectives, ennuyeuses, décevantes), s'affirmant sans faillir comme une épouse et une stratège constamment surprenantes, dans le sens où surgissaient toujours de son esprit les idées, les pensées, les remarques les plus inspirées, les plus intéressantes qui soient. De sorte qu'on ne pouvait jamais être, avec elle, à la maison comme au bureau, et c'est ce qui avait toujours éperonné Nicolas, et porté toujours plus haut ses ambitions artistiques, dans le laisser-aller, l'approximatif, l'automatisme ou la mécanisation des attitudes et des comportements.

Nul larmoiement, nulle complaisance n'était possible, lorsqu'on vivait ou travaillait avec Mathilde.

Ce qu'il faut ajouter, pour bien comprendre leur couple, c'est que Nicolas avait toujours perçu Mathilde, depuis ce soir où il l'avait entrevue, dans l'obscurité, de l'autre côté de la pièce, par-delà les corps des danseurs, seule près d'un citronnier en pot, sa posture n'invitant nullement à la conversation et encore moins à la drague, comme une femme à la fois infirme et puissante – l'une des femmes tout à la fois les plus fragiles et les plus impressionnantes qu'il eût jamais croisées, l'alliance du marbre et du cristal.

La première fois qu'il lui avait parlé, lors de cette fête chez des amis communs, après qu'il eut été séduit par sa silhouette, et en particulier par ses longues jambes chaussées d'escarpins noirs à hauts talons, il avait senti chez elle une force obscure qui l'entravait (et c'est ce qui la rendait *spéciale* et différente des autres femmes), comme si Mathilde s'était consumée d'un tourment qui la coupait de toute vie sociale insouciante, naturelle, joyeusement spontanée. Elle avait, oui, Mathilde, quand Nicolas avait fait sa connaissance, quelque chose de prostré, au milieu d'une intense lumière. Quelque chose d'effrayé. Et Nicolas, à peine Mathilde lui était-elle apparue, avait souhaité en devenir l'élu, l'élu définitif.

Lui-même s'étant toujours vécu, à l'égal de Mathilde, comme infirme et différent, socialement inadapté mais avec à l'intérieur de lui, il le sentait depuis l'enfance, une réserve de puissance et d'accomplissement qu'était la musique qu'il rêvait d'écrire (il n'était encore, à vingt-trois ans, qu'au Conservatoire national de musique de Paris, où il étudiait la composition), Nicolas, quand il avait rencontré Mathilde, seule et lointaine, figée et regardant les autres danser sans oser ou savoir danser elle-même, quand ces deux-là s'étaient rapprochés, parlé, reconnus, appréciés, ces deux infirmes, ces deux paniqués, ces deux terrorisés, cet homme et cette femme qui attendaient chacun dans leur coin depuis des années qu'il se produisît un événement qui vînt les délivrer d'eux-mêmes, les secourir de leurs ténèbres et du sentiment de leur isolement, quand ils s'étaient rencontrés, donc, disais-je, les deux infirmes qu'ils étaient s'étaient unis, leurs infirmités respectives s'étaient absorbées l'une l'autre et avaient disparu en tant que telles pour se muer en force commune et insécable. En se protégeant mutuellement, en compactant leurs infirmités respectives avec l'idée plus ou moins délibérée d'en faire tout à la fois une arme et une armure, en se grandissant l'un l'autre par la conjugaison de leurs talents déliés de toute entrave ils s'étaient apaisés et réconciliés avec la réalité extérieure, se mettant en situation de devenir peu à peu, au fil des ans, ce qu'ils étaient aujourd'hui : Nicolas un musicien reconnu et Mathilde la dirigeante d'une agence de conseil réputée. À ce titre, l'épisode du cancer à évolution rapide de Mathilde, qui avait vu Nicolas se transcender et composer pour elle une symphonie jouée chaque soir au piano dans leur chambre à coucher, la chambre des époux, au fur et à mesure de son élaboration, pour l'aider à surmonter sa maladie et finalement le faire parvenir à un degré de notoriété qu'il n'avait même jamais osé rêver atteindre un jour, cet épisode avait été l'exemplaire démonstration de cette complémentarité vitale et essentielle de leurs deux êtres, lesquels, disjoints, se seraient tout simplement écroulés, seraient redevenus les deux infirmes qu'ils n'avaient dans le fond jamais cessé d'être, ils le savaient tous deux, le départ puis le séjour prolongé de Nicolas à Milan constituant dès lors la première et jusqu'à ce jour la seule entorse à cette union sacrée – qu'il soit allé rejoindre une femme en partance pour la mort n'étant pas étranger, du reste, je pense, au fait qu'ait été possible dans leur histoire une entorse de cette nature, aussi hérétique, aussi inconcevable.

Comme deux vampires esseulés désespérant de la rencontre providentielle qui leur permît de pactiser contre le monde atterrant des zombies, Mathilde et Nicolas s'étaient détectés dans la multitude et avaient soudé leurs âmes pour faire leur vie ensemble, ne pouvant envisager dès lors d'endurer l'existence, affronter la laideur du monde et triompher de sa réalité qu'en compagnie l'un de l'autre. C'est ainsi qu'ils avaient toujours entendu leur couple et c'est ainsi qu'à mon avis on peut *aussi* entendre l'amour, comme une alliance, une équipée, une agrégation de désirs et d'ambitions, d'énergie, de puissance, pour faire front ensemble contre tout ce que la vie peut nous opposer de dur et d'escarpé, d'intimidant, mais aussi pour jouir ensemble des douceurs du chemin (car le chemin peut être beau), afin d'être à la fin le plus heureux possible. *Décider* d'être deux plutôt que seul, *fusionner* et être plus fort et plus intelligent, plus enjoué, plus déterminé, plus patient, plus réfléchi, plus résistant, plus ingénieux, plus perspicace sur le chemin de sa vie parce qu'on est deux, parce qu'on a *choisi* d'emprunter à deux le même chemin tout en gardant ses rêves à soi et des visées distinctes, c'est une façon comme une autre, je crois, de concevoir l'amour, peut-être aussi la plus belle, peut-être même la seule en réalité.

Pour revenir à la native singularité intrinsèque de Mathilde, il subsistait de ce que j'ai appelé plus haut son infirmité les caractéristiques suivantes : elle ne savait ni n'avait l'intention de savoir conduire un jour une voiture, elle était dénuée de tout sens de l'orientation (y compris dans des villes et des quartiers qu'elle connaissait, qu'elle fréquentait et arpentait depuis des années), elle était tout aussi égarée dans le temps qu'elle pouvait l'être dans l'espace (aucune date ni aucune chronologie ne s'inscrivait jamais dans sa mémoire, comme si sa vie n'avait pas été visualisée par elle comme une ligne graduée mais plutôt comme une sphère où les souvenirs, les sensations et les événements de son existence flottaient librement, mobiles, mélangés les uns aux autres, contemporains les uns des autres pour ainsi dire, tout cohabitant avec tout, du passé lointain comme du passé proche et du présent à peine écoulé), elle demeurait incapable de prendre l'avion ou le train toute seule, elle devait se faire accompagner d'une assistante lors de ses déplacements en province ou à l'étranger, elle continuait de subir de temps en temps, même si elles s'étaient raréfiées au point de presque disparaître, des crises d'angoisse d'une violence telle que Nicolas devait venir la secourir de toute urgence pour la tranquilliser, voire la ramener à la maison. Mathilde n'avait pas ce qu'il est convenu d'appeler des *bonnes copines*, à qui il est d'usage, le soir après le travail, à l'anglo-saxonne, de raconter son intimité en buvant des verres de vin blanc, jusqu'à l'ivresse et donc aux confidences inavouables. Elle n'était sur aucun réseau social. Elle ne disait, en société, durant les dîners, pratiquement rien, et elle s'en moquait complètement, dans les dîners, de ne presque rien dire, et de l'impression de froideur ou de suffisance – ou plus souvent d'insuffisance – qu'elle pouvait provoquer. L'opinion des autres à son égard l'indifférait, elle n'avait pas besoin d'amour et de marques d'affection (en dehors de l'amour que lui apportaient Nicolas, ses enfants, et les rares amis qu'elle avait), elle supportait d'être détestée et combattue, méprisée, sous-estimée, elle s'en foutait. Elle ne recherchait jamais ni l'estime ni l'approbation d'autrui, sauf peut-être dans l'exercice de son métier, mais même devant ses clients elle conservait cette contenance avaricieuse et granitique qui lui était coutumière, qui conférait à sa parole concise ce surplomb d'oracle qu'ils étaient venus chercher chez elle, dûment facturé. Elle disait toujours ce qu'elle avait à dire de désagréable et de la façon la plus simple et directe, sans frémir ni flancher. Personne ne lui faisait peur. Elle ne retenait jamais ses coups, quand il fallait frapper. On ne pouvait pas l'intimider. Ses phrases, lorsqu'elle s'emportait, pulvérisaient l'adversaire (ce qui à la maison annulait le principe même de querelle conjugale, et de récrimination enfantine), son regard droit et acéré était alors plus redoutable encore que les traits qu'il accompagnait. Elle ne s'abaissait jamais à quémander, à envier, à jalouser, à soupçonner. Elle n'était jamais mesquine. Nicolas ne l'avait jamais entendue répercuter des ragots ou spéculer avec délices sur des rumeurs déplaisantes, pour le seul plaisir de dénigrer, ou bien alors elle condamnait sans appel et effaçait de son esprit les gens qu'elle n'aimait pas, ou n'aimait plus, et Dieu sait qu'ils étaient nombreux les gens qu'elle n'aimait pas, ou dont elle se lassait, ou qui la décevaient. Elle était toujours de la plus grande exactitude, elle s'exprimait par épitaphes, laconiquement, sans développer ses pensées, et Nicolas semblait souvent le seul à la comprendre. Les amis authentiques qu'elle avait, peu nombreux il est vrai, et qu'elle adorait, lui témoignaient une immense affection, elle les émouvait autant qu'elle les impressionnait, par cette épineuse originalité.

Il ressort de tout ceci qu'étant très peu encline aux confidences, même avec Nicolas, et demeurant irréductiblement pudique et réservée, secrète, élevant autour d'elle des murailles de grandeur farouche, Nicolas n'avait jamais osé aborder avec elle certains sujets touchant à son intimité (l'intimité de Mathilde) ou à leur sexualité (par exemple), de crainte de lui paraître trivial et indiscret, ou de déchoir à ses yeux en prétendant pénétrer, pour l'éclaircir, le mystère originel de leur amour, quelle atroce faute de goût. Si bien que Mathilde s'était exprimée sur les séquelles psychologiques de son cancer du sein uniquement parce que Nicolas avait insisté, à trois reprises exactement, pour qu'elle lui parle de ce qui avait changé en elle. De ce qu'elle ressentait dans son corps. De ce qui l'apeurait et la faisait souffrir. Des raisons pour lesquelles elle avait cessé de le désirer et de vouloir faire l'amour avec lui.

Ce qu'il avait obtenu qu'elle consente à lui décrire, ces trois uniques soirs-là, s'était ajouté bien entendu à ce qu'il constatait lui-même de son état général, un état de grande fatigue et de faiblesse physique et musculaire, même plusieurs mois après le terme de son traitement chimiothérapique, mais surtout un état de frayeur indicible vis-à-vis de l'éventualité d'une récidive, hypothèse statistique devenue chez elle une hantise, une sinistre idée fixe. De sorte que Nicolas lui assénait avec colère, souvent, qu'il trouvait paradoxal que sa peur ardente de mourir, qui signifiait en soi qu'elle aimait la vie, en vienne à la lui rendre insupportable. Pourquoi vouloir vivre si c'est pour passer sa vie à avoir peur qu'elle ne s'interrompe ?! Autant en profiter, de la vie, Mathilde, non ? Profite de la vie, oublie cette maladie maintenant qu'elle est passée ! Ou alors autant mourir si c'est pour passer son temps à se morfondre ! lui disait Nicolas quand il voyait Mathilde s'enliser dans sa terreur de rechuter.

Cette terreur de la récidive avait été la principale répercussion de son cancer du sein, tout du moins la plus envahissante, Mathilde ayant été entraînée durant cinq ans dans une spirale morbide dont elle ne parvenait pas à maîtriser l'accélération (ce qui ne l'empêchait pas de travailler, ni même de développer son entreprise, le travail étant encore ce qui lui permettait le mieux d'oublier ses tourments).

Elle avait eu l'impression, en outre, au sortir de sa maladie, que son centre de gravité s'était déplacé, d'où cette sensation perpétuelle de vertige qu'elle avait, découlant sans doute en partie de cette période pendant laquelle, à cause de la chimio, il n'avait plus été possible pour elle de descendre les escaliers sans avoir peur de tomber, et cette impression d'instabilité lui était restée sans qu'elle puisse dire s'il y avait à cela une raison physiologique, ou si c'était une séquelle psychologique de plus. Elle avait perdu le sens de l'équilibre y compris dans les situations qui ne requièrent aucun sens particulier de l'équilibre, par exemple marcher dans la rue. Nicolas la voyait souvent trébucher, elle vacillait parfois en descendant d'un trottoir. L'équilibre, il est dicté par la sensation que l'on a d'être accroché à la terre, avait dit Mathilde à Nicolas l'un ou l'autre de ces trois uniques soirs, et elle, Mathilde, elle n'était plus certaine du tout, depuis sa maladie, d'être bien arrimée à la terre, puisqu'elle pouvait en disparaître du jour au lendemain, comme le lui avait cruellement démontré l'irruption de son cancer du sein. Ses problèmes de vertige avaient proscrit les talons hauts et cette disparition des talons hauts de sa silhouette, alors qu'ils en avaient été l'emblème, comme Nicolas le savait puisqu'il avait toujours adoré la voir porter des talons aiguilles qui faisaient que ses jambes paraissaient encore plus longues, encore plus minces, encore plus désirables, avait incité Mathilde à se réinventer, stylistiquement parlant. Elle avait dû renoncer au côté funambule de la femme longiligne et légère, céleste, hautement chaussée, pour inscrire sa silhouette et son être dans un nouveau rapport à la terre, être plus solide, moins vulnérable. Être devenue chauve et ensuite porter les cheveux ras avait aussi induit une envie de se vêtir plus radicale, moins *genrée*, plus rock et plus guerrière, conciliant l'ancien et le contemporain, le masculin et le féminin, le classique et l'audacieux, le rugueux et le doux, l'orné et l'épuré, le drôle et le grave, pour tromper l'ennemi, égarer la maladie, se rendre insaisissable.

Mathilde avait dit à Nicolas, l'un ou l'autre de ces trois uniques soirs, qu'au moment où avait été découverte dans son sein gauche cette tumeur de la taille d'un abricot, elle se souvenait qu'elle se sentait intensément jeune. Elle n'était pourtant plus si jeune, puisqu'elle avait quarante-quatre ans, mais elle se souvenait très bien de son état d'esprit d'alors et de cette sensation de jeunesse qui l'habitait. Quel âge avait-elle, maintenant ? Elle ne le savait pas. Elle n'avait plus d'âge. Elle se sentait sans âge. La maladie lui avait pris sa jeunesse mais aussi son âge.

L'âge, le sens de l'âge, pour chacun, c'est l'intuition de la distance qui nous sépare du temps probable de sa propre mort, avait dit Mathilde à Nicolas l'un ou l'autre de ces trois uniques soirs. Le fait d'être soudain confronté, jeune, à un hypothétique raccourcissement de sa vie fait que cette focale se modifie, la distance à sa propre mort n'a plus de théorie. Cela ne veut pas dire que c'est négatif, parce que c'est un rapport à l'âge qui n'est plus indexé que sur sa propre vitalité. Le seul critère qui compte n'est plus son âge, mais sa vitalité dans le moment présent. Est-ce qu'on est en état de vie, ou pas. Ne plus avoir d'âge, cela ne veut pas forcément dire qu'on est vieux, cela veut dire qu'on est jeune tant qu'on entretient sa vitalité.

Mathilde avait continué de se confier à Nicolas mais elle avait dû s'interrompre à plusieurs reprises parce qu'elle pleurait. Elle s'arrêtait de parler et pleurait doucement, comme en murmurant, immobile, presque sans bruit, sur le canapé de leur salon. Elle pleurait comme on pourrait s'imaginer que le fait un oiseau. Comme perchée sur sa branche sangloterait une merlette dont un nuisible a dévoré les oisillons.

En définitive, elle, dans sa vie de femme, elle était passée de quarante-quatre à cinquante-quatre ans en seulement six mois, physiologiquement parlant, hormonalement parlant. Elle avait écrasé dix ans de vie, mais aussi de maturation, en seulement six mois.

Mathilde pleure. Long silence. Nicolas attend. Il lui tient la main.

C'était énorme. Elle ne savait pas à quoi comparer ça. Ce qu'elle constatait, c'est que, qu'il s'agisse des médecins, de son cancérologue, ou encore des psychiatres qu'elle était allée voir, personne ne comprenait que c'était énorme. Cet écrasement de dix ans en six mois, ce qui en avait résulté pour elle, dans son intimité, dans son rapport à son corps et au corps des autres, en particulier à celui de Nicolas, mais aussi dans son rapport au monde, au temps, c'était considérable.

Elle ne savait pas comment dire, à quoi comparer ça.

Essaie, lui avais-je demandé.

Eh bien, toutes ces conneries machistes, les bouffées de chaleur, la prétendue irascibilité des femmes au moment de leur ménopause, je pense qu'il est important de le vivre, et je ne le vivrai pas : la maladie m'a privée de ce chemin. J'aurais aimé traverser ces tribulations-là, si décriées et moquées soient-elles, qui font que tu apprivoises peu à peu un autre état de ton corps, une étape nouvelle de ta vie, sans compter que c'est en soi une expérience qui te fait vivre ton corps différemment. Ne plus avoir de cycles me manque. Mon corps est comme un monde sans saisons. Or les saisons sont importantes pour moi. Là on est en janvier et j'y pense tout le temps, j'ai hâte que le printemps revienne, je m'en réjouis d'avance, je pense à mon jardin, aux fleurs, à mes plantes, aux arbres, on ne peut pas vivre sans cycles, mon corps a perdu ses cycles en l'espace de six mois, sans préavis.

C'est très archaïque. Je ne sais pas si les hommes peuvent comprendre ça, est-ce que tu comprends ça ? m'avait demandé Margot l'un ou l'autre de ces trois uniques soirs. (Elle s'était remise à pleurer.) J'ai pleuré comme ça toutes les fois que je suis retournée consulter mon vieux psy, le même que celui que je voyais quand j'étais jeune et que j'allais mal, mais ça ne l'a pas alerté, m'avait dit Margot l'un ou l'autre de ces trois uniques soirs. Il n'empêche que quand on pleure comme ça quand on parle de quelque chose c'est qu'il y a un problème, une blessure qu'on n'arrive pas à combler. Je ne peux pas aller plus loin. Personne ne veut m'accompagner. Les psys ne veulent pas m'accompagner, cela ne leur évoque rien. J'en ai vu deux différents, je leur raconte ce que je ressens et ils passent à autre chose.

Et sexuellement ?

C'est totalement lié. C'est le nœud. Justement. Parce que. Ça a été. Comment dire. Trop de ruptures. Non, ce n'est pas le bon mot. Trop d'éléments de dissociation entre ma tête et mon corps. La maladie est un facteur de dissociation entre ta tête et ton corps parce que a priori tu l'analyses comme quelque chose d'étranger à ta volonté, autrement tu te laisses partir avec la maladie. Pour pouvoir la combattre tu la considères comme un élément étranger, ce n'est pas toi qui l'as créée et engendrée, cela n'a rien à voir avec toi. Il y a donc dissociation entre ta tête et ton corps, ton corps t'a trahi d'une certaine façon, il a trahi ton amour de la vie. (Long silence.) En même temps, je n'ai jamais été si à l'aise que ça avec mon corps, ça m'est peut-être spécifique cette façon de réagir, peut-être que la plupart des autres femmes ne font pas ça, ne se séparent pas de leur corps comme je l'ai fait sous prétexte qu'il avait. La fille que j'ai été et la femme que je suis aujourd'hui n'ont jamais été dans l'union simple et parfaite de la tête et du corps. D'où l'impossibilité du sport, pour moi. D'où mon hypocondrie, depuis toujours. L'hypocondrie est la parfaite illustration de cette distanciation, scruter son propre corps en imaginant qu'il va te tendre des guets-apens, c'est déjà un truc un peu. Et dans ma sexualité je n'ai jamais été non plus très téméraire, cela se mélangeait à des peurs diffuses qui ne sont pas si loin de l'hypocondrie. La sexualité, c'est aussi faire entrer en soi quelque chose et quelqu'un d'étranger, donc c'est déjà une forme de contamination, de contamination possible, c'est déjà une prise de risque. Même jeune j'étais déjà comme ça. J'avais ce rapport-là, théorique, au sexe. J'aurais pu difficilement passer d'homme en homme et coucher avec n'importe qui sans me poser ce genre de questions. C'était du reste totalement fantasmatique, ce n'était pas la peur de la maladie en tant que telle, du sida, qui me plaçait dans ce type de rapport à la sexualité, aux hommes, avait dit Mathilde à Nicolas l'un ou l'autre de ces trois uniques soirs, mais la peur vague et instinctive d'un corps exogène dans mon propre corps, de l'indépendance de mon propre corps par rapport à mes pensées, quelque chose comme ça. Et je pense que ça s'est envenimé, ça s'est enkysté et radicalisé à la faveur de mon cancer. Comme je n'ai jamais assimilé l'idée que j'avais pu l'autogénérer, pour moi ma maladie ne vient pas du dedans mais du dehors, donc mon corps s'est mis et est toujours, je crois, dans un système, *absurde*, évidemment *absurde*, je ne suis pas là pour dire le contraire, d'autodéfense, qui fait qu'il s'est clos. Mon corps est en autodéfense, il s'est clos. Pour moi aujourd'hui l'idée de la pénétration est devenue quasiment insurmontable, avait dit Mathilde à Nicolas l'un ou l'autre de ces trois uniques soirs.

Je m'en étais rendu compte, lui avait répondu tendrement Nicolas.

Elle est tellement inadmissible l'idée que ta maladie. Et comme il est bien sûr impossible de dissocier comme ça durablement son corps et son cerveau, la seule solution c'est de tenter de reconstruire le lien détruit entre le corps et le cerveau, quitte à amputer le corps d'une partie de ses ressources, et notamment à l'amputer de son lien avec l'extérieur, c'est-à-dire la sexualité. Que plus rien ne puisse pénétrer le corps.

...

...

Pourtant, tu continues à prendre le soleil, à tremper tes pieds dans l'eau, à manger, à boire du vin ou du champagne.

L'ivresse, pour moi, c'est le cerveau, pas le corps. Nourrir, on est obligés, pour ne pas mourir. Et quant à l'eau, non, en effet, je n'aime plus me baigner. Je ne me suis quasiment plus baignée, depuis ma maladie. Je n'aime plus les sensations fortes qui me parviennent de l'extérieur. Tout m'agresse plus facilement. Je n'ai plus envie de rentrer dans la mer.

Et le désir ?

Plus de désir. Plus de désir du tout. Je n'ai même plus de désir masturbatoire. Ça a complètement disparu.

...

...

Mais quand on faisait l'amour, avant. Tu aimais bien, avant, quand on faisait encore l'amour, faire l'amour avec moi.

Mais enfin qu'est-ce que tu racontes ! avait dit Mathilde à Nicolas l'un ou l'autre de ces trois uniques soirs. Bien sûr que j'aimais faire l'amour avec toi ! Ce n'est pas la question voyons ! Bien sûr que j'adorais.

Je sais, je sais. Mais c'est que. Moi aussi j'adorais. J'y pense souvent. Pardonne-moi.

C'est mon cancer qui a produit cette situation. La façon dont je l'ai vécu. J'ai été traumatisée. Je ne sais pas si je retrouverai un jour mes dispositions d'avant pour le désir, pour l'amour physique, pour la jouissance, avait dit Mathilde à Nicolas l'un ou l'autre de ces trois uniques soirs.

Eh bien j'attendrai. Nous avons le temps.

...

Cela étant, si ton désir devait ne jamais réapparaître, ce ne serait pas si grave, ne t'inquiète pas.

C'est doux d'entendre ça. Merci Nicolas.

...

Ce qu'il y a, aussi, si j'y réfléchis bien, c'est que ma mère m'a dit, avant de mourir de son cancer, et c'est quelque chose qui je crois m'a marquée, que le désir avait abandonné son mari, quelques années plus tôt, et que ça l'avait profondément atteinte. Je pense que la disparition du désir chez mon père a entraîné ma mère dans la dépression, et que c'est sa dépression qui a favorisé la récidive de son premier cancer, et qu'elle s'est laissée mourir sans résister parce qu'elle avait perdu ce à quoi elle tenait le plus dans sa vie, le désir que pouvait avoir pour elle son mari. Elle était éprise d'absolu, ma mère. Je t'en ai souvent parlé. Peut-être préférait-elle encore mourir que de voir leur amour dépérir, parce que son mari n'avait plus de désir physique pour elle. Inconsciemment, exclure la sexualité de ma vie, c'est peut-être une façon de conjurer les effets du temps. De ne pas vieillir. De se prémunir de la blessure qu'est la disparition inéluctable du désir sexuel chez l'homme que l'on aime, avait dit Mathilde à Nicolas l'un ou l'autre de ces trois uniques soirs.

Je comprends ce que tu veux dire. Il a pu m'arriver de penser ça moi aussi. Ne plus avoir de sexualité met l'amour à l'abri de tout aléa purement conjoncturel, de ce qui est le plus fragile et périssable, le désir, le plaisir physique, faire l'amour, bien faire l'amour, continuer de bien faire l'amour, sentir qu'on fait moins bien ou moins souvent l'amour, qu'on a un peu moins envie de faire l'amour, qu'on ne fait presque plus l'amour et faire semblant pourtant que tout va bien. L'amour ne peut que souffrir de cette indexation. Je ne sais pas comment font les couples. Exclure la sexualité de notre vie, comme tu l'as fait, absolutise notre amour d'une certaine façon, en fait un roc indestructible, une citadelle, il m'est arrivé de le penser, je comprends ce que tu veux dire. Pourtant, je dois t'avouer que…

Mais je ne l'ai pas décidé, l'avait interrompu Mathilde l'un ou l'autre de ces trois uniques soirs. Ça s'est imposé à moi.

…

…

Je vais te faire une confidence. Tu veux ?

Je t'écoute. J'espère ne pas en être choquée !

Si, peut-être. Tu vas peut-être en être choquée.

On verra. Mais venant de toi rien ne peut me choquer, je crois, avait dit Mathilde à Nicolas l'un ou l'autre de ces trois uniques soirs.

Quand, aujourd'hui, je dois absolument prendre du plaisir, jouir quoi, en me caressant, je pense à toi, à ton corps. Je m'imagine faisant l'amour avec toi. C'est ce qui m'excite le plus. Rien ne peut plus m'exciter que de visualiser ton corps, et me visualiser faisant l'amour avec toi.

C'est gentil de me dire ça.

J'ai une très grande mémoire des rapports sexuels qu'on a eus. Ceux que j'ai aimés. Je les collectionne. J'en ai une réserve inépuisable, comme une boîte à chaussures pleine de photographies. Je me les remémore, quand je me caresse. J'aime bien. Je nous revois faisant l'amour. Est-ce que les vieilles personnes font ça ? Est-ce que tu crois que les vieillards se branlent en se souvenant de rapports sexuels qu'ils ont eus naguère, trente ou quarante ans plus tôt, avec leur femme ou leur maîtresse ? Je me souviens de comment tu étais habillée, quels souliers tu portais, la couleur de tes bas, où on était, dans quelle pièce de notre appartement, et si on était en voyage dans quelle ville, dans quel hôtel, ce qu'on avait fait juste avant, comment s'étaient succédé les positions, le plaisir spécifique qu'on avait pris, de quelle façon et à quel moment on avait joui. Tu te souviens, à Mantoue, ce magnifique hôtel ?

Sourire de Mathilde.

Ça ne date pas d'hier, j'étais déjà comme ça avant

qu'on arrête de faire l'amour. Il m'est même arrivé, à l'époque où on avait une vie sexuelle régulière, de me caresser jusqu'à l'orgasme dans un coin de l'appartement en pensant à toi, avant de te rejoindre dans notre lit, parce que je savais qu'on ne ferait pas l'amour ce soir-là, pour une raison ou pour une autre. Je te présenterai un jour mon top ten de nos plus beaux rapports sexuels.

Rire de Mathilde.

Mais il n'empêche que c'est sans doute de mon corps de jeune fille que tu te rappelles, quand tu penses à moi pour te faire jouir ! avait dit Mathilde à Nicolas l'un ou l'autre de ces trois uniques soirs.

Pas seulement. Je peux imaginer qu'on fait l'amour aujourd'hui, que c'est toi aujourd'hui, avec ton corps de maintenant.

Ce qui m'alarme, c'est de ne plus être capable de créer en moi ne serait-ce qu'un désir fantasmatique. Quand j'en ai parlé à mon psy, à mon vieux psy de quand j'étais jeune, il m'a dit revendiquez-le. Ce n'est pas parce que le sexe est omniprésent dans la société que je devais me sentir obligée d'avoir une sexualité, ou de subir la rétractation de ma libido comme une tare. Si à présent vous vous sentez comme ça, n'en concevez aucun complexe, ne vous sentez pas honteuse, ou diminuée. Faites-en une identité et revendiquez-la. Revendiquez de n'avoir plus de sexualité. Si vous parvenez à maintenir une relation forte avec l'homme que vous aimez, avancez comme ça, nul n'est tenu d'avoir une vie sexuelle, c'est ce qu'il m'a dit ce jour-là, je te l'avais raconté, je ne sais pas si tu t'en souviens, avait dit Mathilde à Nicolas l'un ou l'autre de ces trois uniques soirs.

Bien sûr que je m'en souviens. Ça m'allait. J'aime bien qu'il t'ait dit ça. Ce que je sais, aussi, c'est qu'à l'époque où on avait une vie sexuelle dite normale, on ne faisait pas l'amour régulièrement. Ce qui ne voulait pas dire qu'on n'avait pas de désir. Car ce n'est pas parce qu'on a du désir qu'on fait forcément l'amour, et à l'inverse ne pas faire l'amour ne signifie pas forcément qu'on n'a plus de désir. Curieusement il n'y a pas de corrélation systématique entre désir et fréquence des rapports, c'est ce que je pense. Il nous est arrivé de ne plus faire l'amour pendant des semaines alors que j'avais du désir pour toi, et toi certainement du désir pour moi. Mais seulement on n'avait pas la tête à ça, on n'avait pas envie de sexe. Ou l'énergie. Et puis pendant des semaines on faisait l'amour comme des bêtes, et plus on faisait l'amour, plus on en avait envie. J'ai un très bon souvenir de ces périodes de frénésie. Tu te souviens, notre voyage au Japon ?

Bien sûr, enfin.

Mais j'aimais bien, aussi, les périodes d'abstinence, ou disons qu'elles ne me perturbaient pas. Je savais que notre désir n'avait pas disparu, que cette abstinence ne pouvait être attribuée à un éloignement de nos personnes, elles restaient désirantes. On peut avoir envie de garder pour soi comme un butin intime le désir qu'on a pour l'autre, sans le dilapider par un rapport sexuel. C'est beau d'éprouver du désir pour un corps, pour la personne avec qui l'on partage sa vie. On peut vouloir laisser vivre ce désir en soi comme un état méditatif, ne pas vouloir le résoudre, vivre avec, le laisser faire son chemin, voir où il nous mène, comment il évolue, en ayant ses yeux posés sur l'autre. La sexualité conjugale englobe aussi la rêverie sexuelle. Le désir non réalisé, suspendu, émerveillé de lui-même. Avoir envie de faire l'amour, mais ne pas le faire. Se sentir fort de ce désir intériorisé. Ça, c'est l'une des grandes vérités méconnues de la vie de couple. Je n'ai jamais eu honte ou peur de nos éclipses sexuelles. Car j'ai toujours su que le sexe reviendrait, quand il s'éclipsait de nos relations. C'est aussi la raison pour laquelle je ne suis pas inquiet, ma Mathilde. Ton envie de faire l'amour reviendra, quand ton traumatisme se sera résorbé. Trois ans, trois semaines, c'est la même chose quand on désire. Je suis certain qu'on refera l'amour un jour et que ce sera comme si on l'avait encore fait la semaine précédente.

5

Atterrir de nuit à Milan, un dimanche de surcroît, et rouler ensuite dans les rues désertes de la ville pour se rendre jusque chez Marie est pour Nicolas comme un moment onirique et détaché de tout : il a le sentiment de sortir de la réalité et de pénétrer dans un espace inexploré, de la même façon qu'après s'être assis à la gauche de Marie, lors du dîner organisé la veille de son fameux concert à la Scala de Milan, il s'était senti propulsé par sa présence irradiante dans une zone de son cerveau qu'il ne connaissait pas. Assis au fond de son taxi, regardant la ville défiler rêveusement par les vitres, dominicale, métaphysique, Nicolas se dit que c'est là et nulle part ailleurs qu'il doit être et que son incursion sur ce territoire mental énigmatique est l'une des choses les plus justes qu'il ait jamais faite, tout effarante qu'elle pouvait être par ailleurs, considérée sous un certain angle.

Marie réside au début de la rue Brera, dans un quartier raffiné qu'aime beaucoup Nicolas, non loin de la Scala. La rue Brera est étroite, assez austère. De nuit et un dimanche, déserte, sans un passant, elle se pare d'une atmosphère mystérieuse, très ancienne.

Le taxi s'arrête devant un immeuble magnifique, probablement du XVIIIe, à la façade semblable à une flamme vive et nerveuse. C'est l'image qui est venue à l'esprit de Nicolas quand il a aperçu par les vitres du taxi, une fois celui-ci immobilisé devant le numéro qu'il avait donné au chauffeur, les immenses croisées de l'étage noble surmontées par les fenêtres beaucoup moins hautes du deuxième étage elles-mêmes immédiatement coiffées par la corniche ouvragée préludant à la toiture, l'édifice accédant à ses dimensions finales en seulement trois stations quand il fallait à quelques-uns de ses voisins un ou deux planchers supplémentaires pour être approximativement de la même hauteur.

Il descend du taxi, compose le code, pénètre dans les profondeurs du bâtiment, accède à une majestueuse cage d'escalier.

Quand Marie lui ouvre la porte, après qu'il a posé son doigt sur la pastille d'ivoire d'une sonnette circulaire en laiton, Nicolas voit apparaître un visage d'une pâleur extraordinaire, amaigri, aux traits tirés, aux yeux cernés d'ombres violettes, sans plus de cils ni de sourcils, le crâne coiffé à la pirate d'un foulard en soie noué sur la nuque. Malgré la maladie, c'est une femme lumineuse qui vient de lui ouvrir la porte, un sourire sur les lèvres, les yeux brillants de joie, heureuse de cet entrebâillement de son appartement sur le visage ému de Nicolas.

Bonsoir, Marie, lui dit-il.

Bonsoir, Nicolas, lui dit-elle.

Aucun des deux ne bouge.

Le sourire de Marie s'accentue encore. Ses yeux crépitent de plus belle. Peut-être le regard de Nicolas sur son visage altéré la rassure-t-elle.

Entrez, cela me fait plaisir de vous voir, finit-elle par lui dire, ouvrant la porte en grand.

Ils s'embrassent sur les joues. Nicolas serre Marie dans ses bras, sa valise à ses pieds. À la suite de quoi elle lui fait franchir devant elle le vestibule hexagonal où ils se sont enlacés et ils débouchent sur un immense salon carré, haut sous plafond, avec deux grandes croisées donnant sur la rue. Autour de Nicolas : canapés et fauteuils de styles variés répartis en petites conversations confidentielles parmi des guéridons et des dessertes. Beaucoup d'objets, de tableaux. De magistraux bouquets. Il y a aussi un piano à queue, un beau et grand piano à queue. Sur toute la surface d'un des murs latéraux, une bibliothèque emplie de livres, munie d'une haute échelle gracile.

La décoration du salon est un mélange audacieux mais réussi d'ancien et de contemporain, lequel mélange produit sur Nicolas l'impression d'un désordre inspiré, où il serait laissé libre cours à une irrémissible inclination pour la beauté, mais aussi à la conviction que dans la vie l'on ne doit renoncer à rien, qu'il n'y a pas à choisir, qu'il faut tout vivre, que tout n'est jamais qu'une question de mesure, d'instinct, de confiance en soi et de droiture intime. D'où malgré tout l'ordre immanent qui se laisse pressentir dans cette vaste et complexe atmosphère, où Nicolas se sent déjà extrêmement bien, pour ne pas dire *chez lui*, charmé, comme entretenu par ce salon carré de confidences qu'il ne parvient pas bien encore à comprendre, murmurées, annonciatrices de grands secrets, alors même qu'il vient tout juste d'y pénétrer et que son attention s'est jusqu'alors surtout concentrée sur le visage de Marie.

Le carré plaît à Nicolas, le carré lui semble idéal pour abriter ce qui va se produire entre eux deux. Carré certes comme un ring de boxe, une boxe amoureusement rageuse et acharnée, colérique et douce, féroce, odorante, mais aussi et surtout comme un échiquier : les blancs et les noirs à la conquête chacun du territoire de l'autre, pour l'envahir, en triompher : *échec et mat*. Mais ce que Nicolas est venu dire à Marie, c'est précisément qu'il ne se défendra pas, que ses pions en reddition laisseront progresser vers son roi tous les fous, toutes les tours et tous les cavaliers voraces qu'elle voudra, que son roi consentant se laissera dévorer sans résistance par la reine de Marie. C'était pour cette raison qu'il s'était invité à Milan, chez elle, de nuit, un dimanche soir : pour se laisser manger par la reine de Marie, ou bien la dévorer elle, c'était comme elle voulait – c'est ce que le regard de Nicolas est en train de confier au regard de Marie.

Il bande déjà, Nicolas, alors même qu'il n'est pas venu à Milan pour bander. Mais il comprend en cet instant qu'il va s'abîmer en elle, à présent il le sait, il vient tout juste d'en découvrir l'évidence : Nicolas est venu à Milan pour s'abîmer en Marie, Nicolas ne souhaite rien tant que s'abîmer en Marie, Nicolas est sur le point de s'abîmer en Marie, c'est ce que Nicolas aurait signifié avec les siens aux yeux fixes de Marie posés sur son visage, et peut-être même à ses oreilles, avec des mots : *Je suis venu pour m'abîmer en vous, Marie*, si Marie en cet instant précis ne lui avait pas demandé, coupant court à tout aveu décisif, si Nicolas avait faim, s'il voulait qu'elle lui apporte quelque chose à manger, à quoi Nicolas répond qu'il n'a pas faim, qu'il a dîné à Roissy, mais qu'il boira volontiers quelque chose. Qu'est-ce qui vous ferait envie ? lui demande Marie. Du vin, si c'est possible. Blanc, rouge ? Blanc, s'il vous plaît. J'ai au frais un excellent veneto, je reviens dans un instant, lui dit Marie en s'éloignant vers ce qu'il suppose être la cuisine – et c'est alors que le regard de Nicolas tombe sur un échiquier (mais sans doute l'avait-il déjà entraperçu, sans en enregistrer consciemment la présence, d'où ses pensées fugaces de tout à l'heure sur les échecs), un échiquier comme une soudaine rétractation de l'espace où il se trouve, encadré de deux chaises, avec dessus une partie en cours, une partie complexe et peut-être enlisée, florentine, terriblement intelligente, équilibrée, aussi vibrante qu'un long regard soutenu, que Nicolas a même du mal à analyser tant les positions adverses paraissent enchevêtrées. Mais je dirais aussi, à la décharge de Nicolas, que celui-ci ne peut s'abandonner à décrypter la partie en cours sans se procurer le sentiment désagréable de commettre une indiscrétion, comme s'il était susceptible de découvrir dans cette partie en cours, dans l'intimité de cette partie en cours, en l'absence de Marie, à son insu, en la trahissant, quelque chose qu'il n'aurait pas dû apercevoir, qui ne le concernait pas, comme si cet échiquier était une chambre à coucher (non pas la chambre des époux, mais cette fois-ci la chambre des amants) et que se livrait là sous ses yeux une action en cours (une action amoureuse, sexuelle, sentimentale, que sais-je), ce qui répercute immédiatement en Nicolas la douleur incisive d'une sorte de vive piqûre de guêpe, une guêpe perfide parvenue au plus profond de son être on ne sait trop comment, sans doute par le chemin de son regard posé là sur ces pièces noires et blanches aux trajectoires entremêlées, si intriquées. Cette fulgurante piqûre de guêpe, c'est bien sûr le soupçon terrassant que Nicolas vient peut-être de faire irruption *dans une partie en cours*, une partie où il n'a pas sa place, où il n'héritera que d'un rôle de figurant, à mille lieues de la sublime mission mystérieuse que le sentiment particulier, sans nom, apparu à l'égard de Marie deux ans plus tôt dans cette même ville de Milan lui imposait impérieusement depuis la veille d'aller assumer chez elle, à l'improviste, en s'invitant dans son appartement, c'est-à-dire quelque chose comme la sauver de la mort, ou bien l'accompagner dans la mort, il n'en sait encore rien, mais peu importe désormais puisqu'il a sous les yeux la preuve tangible et humiliante pour lui qu'un être partage avec Marie une intimité à laquelle il ne saurait prétendre à son tour, faute de temps. Il y a un homme dans sa vie, elle n'est pas seule, elle a un amoureux, un amant, ma présence ici est absurde, je repartirai demain matin, se dit alors Nicolas, il faut que je trouve un hôtel, je vais demander à Marie si elle peut me recommander un bon hôtel pas loin d'ici, je lui dirai que le temps m'a manqué d'en chercher un, se dit encore Nicolas au moment où Marie réapparaît dans le salon carré un plateau carré dans les mains, avec dessus une bouteille de vin blanc, une canette de Perrier, deux verres et des biscuits aux herbes disposés dans une assiette. Ah, lui dit-elle, vous regardez ma partie d'échecs ! C'est vous qui jouez ? lui demande Nicolas. Contre moi-même, lui répond Marie. Seule face au cancer, seule face à la mort, et seule face à moi-même aux échecs. Vous savez jouer ? lui demande-t-elle. Le regard de Nicolas dit à Marie : Je suis venu pour m'abîmer en vous. Et Nicolas répond : Plus maintenant. Il y a longtemps que je n'ai plus joué. Mais j'ai été un bon joueur d'échecs quand j'étais jeune. J'en sais suffisamment sur les échecs pour comprendre que cette partie est drôlement disputée. Quel enchevêtrement de positions ! (Il s'en faut alors d'un cheveu que Nicolas avoue à Marie s'être dit, quand elle était dans la cuisine, que l'idée même de rencontrer son adversaire, ou d'en apprendre ne serait-ce que l'existence, avait commencé de sérieusement l'intimider, au point de le faire paniquer sur le bien-fondé de sa venue instinctive à Milan, mais par bonheur il se retient de lui faire cette pathétique confidence.) C'est une belle partie en effet, lui répond Marie. Je la joue depuis six jours. Mais j'étais fatiguée ces derniers temps, je l'ai un peu délaissée. Il faudra que je la reprenne demain. Nous pourrons jouer, si vous voulez, lui dit Nicolas, et Marie lui répond, les yeux dans les yeux (il est venu pour ça, profitons de cet instant pour le rappeler : Nicolas est venu à Milan pour lui parler et l'entendre lui parler *les yeux dans les yeux*) : Nous aurons mieux à faire que de jouer aux échecs, je crois, Nicolas, avant de lui tendre doucement, dans un sourire, le tire-bouchon : Je vous laisse vous en occuper, je n'ai plus la force de déboucher les bouteilles. J'ai à peu près, telle que vous me voyez, sachez-le, quatre-vingt-seize ans. J'espère que vous appréciez les vieilles dames ! j'en suis devenue une ! (mais aimable, je vous rassure...). Nicolas ne sait quoi répondre à ces phrases mi-moqueuses de Marie sur elle-même et la regarde avec un sourire tendre et désarmé. Je ne peux plus boire non plus, je n'en ai plus envie, moi qui aimais tellement le vin, le vin me dégoûte désormais. Comme tous les alcools du reste. Je ne peux boire que de l'eau, du thé. Et du champagne, un peu de champagne, je ne sais pas pourquoi. Même le café m'écœure. Alors que je raffole du café. C'est à cause de cette foutue chimio.

Peu après, Nicolas et Marie sont assis dans un canapé en velours rouge. Nicolas a posé son verre de vin sur un guéridon et Marie son verre de Perrier sur la table basse. Nicolas lui dit qu'il adore l'atmosphère de son appartement, Marie lui répond qu'elle est enchantée qu'il soit venu la voir, que c'est la chose la plus belle qui pouvait lui arriver dans la situation de péril où elle se trouve, et qu'elle est heureuse que son appartement lui plaise car il est son reflet, il lui ressemble.

Oui, énormément, il est unique, il a une âme.

Merci, lui dit Marie.

Tous ces objets. Il y en a partout. Ils sont tous beaux.

Ils ont chacun une histoire. Mais si demain je devais déménager, je crois que je voudrais habiter au sommet d'un gratte-ciel, tout en haut, dans un appartement de lumière. Un peu monacal. Ma vie a été très remplie, j'aimerais me débarrasser aujourd'hui de tout ce qui n'est pas indispensable. Être légère est ma plus grande aspiration.

Un bref silence. Ils se regardent.

Je sens déjà que votre présence me fait le plus grand bien, Nicolas, lui dit-elle. Déjà.

Je suis venu pour ça, Marie. Tant mieux si ma présence commence déjà à faire effet.

Vous êtes gentil. Enfin, gentil... ce n'est pas le mot qui convient. Pardon. Je suis. Comment vous dire. Je suis touchée au-delà de ce que je serais capable d'exprimer.

Silence.

Ils se regardent.

Je suis venu pour m'abîmer en vous, Marie. Vous allez vaincre cette maladie, je le veux. Vous m'entendez? Regardez-moi: je suis venu pour m'abîmer en vous, je serai votre force, vous allez vivre.

Les doigts de Nicolas lui caressent la joue. Marie les attrape, les examine avec tendresse. Elle les serre fortement. Elle lève les yeux sur son visage. Elle dit:

Les médecins ne me donnent que deux mois. Je dois. Ils ne m'ont laissé aucun espoir. Deux mois grand maximum, c'est ce qu'ils disent. J'ai décidé, tout comme la dernière fois, de n'en pas croire un mot, de me battre. Je me battrai. J'accepte votre force. Elle est la bienvenue. Je ne vais pas mourir. Je ne vais pas mourir, non, Nicolas. Même si je sens déjà. Mais je ne sais pas si je dois.

Elle s'interrompt. Elle serre ses doigts.

Oui, quoi? Si, dites-moi.

Même si je sens déjà que le combat sera plus âpre et difficile que la dernière fois. Un peu comme cette partie d'échecs, lui dit-elle dans un sourire.

Je serai votre force. Je suis venu pour m'abîmer en vous.

Vous abîmer en moi. Qu'est-ce que cela peut bien vouloir dire, Nicolas, une chose si belle, dire à une femme qu'on est venu pour s'abîmer en elle.

Rentrer en vous, ne faire qu'un avec vous. Qu'on ne fasse plus qu'un, vous et moi.

Qu'on ne fasse plus qu'un, vous et moi ? répète Marie en regardant Nicolas. C'est ce que vous êtes venu me dire ?

C'est ce que je suis venu faire. Marie, je vous aime.

Marie regarde longuement Nicolas.

Elle lui dit, le regard brillant de larmes :

Vous m'aimez. Moi aussi, Nicolas. Moi aussi je vous aime. Comme c'est beau. Si je m'attendais à ça, à tant de beauté, alors que je vais mourir.

Ne dites pas n'importe quoi. Marie. Vous allez vivre. Je vous donne ma force. Croyez-moi. Vous n'allez pas mourir. Prenez ma force. Vous allez vivre.

Nicolas embrasse ses tempes, une oreille, le cou. Les lèvres de Nicolas remontent ensuite sur le visage par le menton, elles le gravissent en frôlant furtivement la commissure des siennes, célèbrent la joue par des baisers nombreux tous identiques, lents et doux, répétés, comme s'ils la vénéraient. Nicolas embrasse son œil aux paupières nues, ensuite l'autre œil, le front, encore les tempes. Alors il lui retire son foulard. Elle se laisse faire sans réticence. Marie laisse Nicolas mettre à nu sa maladie (c'est une façon de dire les choses qui me paraît juste), se donne à lui tout entière. Nicolas ne lui a-t-il pas dit que désormais sa vie lui appartenait (la vie de Nicolas), puisqu'il prétend être venu à Milan pour s'abîmer en elle ? Alors cela veut dire que la sienne lui appartient également (la vie de Marie), elle doit donc laisser Nicolas lui ôter son foulard, si c'est ce qu'il souhaite, s'il n'a pas peur, s'il n'en est pas révulsé. Nicolas voit apparaître le crâne chauve de Marie. Il le regarde. Il le caresse de ses deux mains et il l'embrasse, il embrasse le crâne chauve de Marie avec amour, je t'aime, Marie, mon amour, lui dit-il, et Marie lui répond, en chuchotant, la tête baissée, emprisonnée entre les doigts de Nicolas, sous ses baisers nombreux :

Nicolas. Nicolas, mon amour...

Alors Nicolas oriente la boule d'ivoire de la tête sculpturale de Marie de manière à pouvoir la regarder droit dans les yeux. Il la regarde droit dans les yeux. Il lui sourit. Elle lui sourit à son tour. Les yeux de Nicolas descendent sur le sourire de Marie, qui alors s'accentue. Il fixe de son regard le sourire de Marie. Comme sous l'effet des rayons du soleil, le sourire de Marie ne cesse d'éclore et d'embellir, jusqu'à l'instant où Nicolas, inclinant la tête, embrasse son sourire dilaté.

Ils s'embrassent longuement sur les lèvres, Marie, Nicolas. Ils se sourient dans leurs baisers, d'incrédulité. Ils se caressent les seins, le dos, les bras, les épaules.

Venez, lui dit Marie.

Elle se lève du canapé et prenant Nicolas par la main elle l'entraîne vers sa chambre, au bout d'un long couloir rouge sombre, avec au mur une multitude de photographies encadrées où Nicolas entraperçoit furtivement, à plusieurs reprises, sans oser s'y arrêter, le visage d'une Marie jeune et radieuse, gaie, jolie, dont on croirait entendre encore les rires et les paroles.

Ils se laissent tomber sur le lit dès leur entrée dans la

grande chambre et continuent de s'embrasser passionnément.

Nicolas dévêt Marie avec des gestes précautionneux, comme s'il craignait de lui faire mal. Attendrie, Marie sourit à Nicolas tandis qu'il lui retire ses vêtements avec minutie, comme une fillette prenant grand soin de sa poupée fragile.

Marie est nue à présent, laiteuse et imposante, large de hanches, les seins majestueux, encore plus opulents qu'il se l'était figuré. Nicolas n'est pas venu à Milan attiré par la beauté supposée du corps de Marie. Mais on peut dire qu'il le ravit ce corps antique et blanc, qu'il les adore ces seins massifs, diaphanes, bleutés, en poire, ah ça oui. Les ongles vernis de noir contrastent avec la pâleur de son épiderme et accentuent l'ascendant sensoriel de ses pieds, de ses mains, magnifiques. Nicolas n'est pas sans savoir que le vernis noir est une prescription des médecins pour protéger les ongles des ravages de la chimio, laquelle est susceptible de les détériorer durablement s'ils ne sont pas opacifiés par une laque ténébreuse.

Nicolas ? Je ne sais pas si ce soir j'aurai la force...

Nous ne ferons pas l'amour, lui répond Nicolas. Pas ce soir. Ne t'inquiète pas. Nous avons le temps.

Nicolas se lève du lit, se déshabille, il bande. Il est un peu embarrassé de ce sexe impudique dressé ainsi devant cette femme qu'il connaît à peine. Mais elle sourit de joie en le voyant revenir vers elle avec ce sexe dont la posture impérative paraît lui intimer de se relever, de ne pas ployer l'échine.

Il est très beau, ton sexe, Nicolas. Je l'adore.

Marie prend le sexe de Nicolas dans sa bouche tandis que Nicolas, agenouillé sur les draps, caresse son crâne avec tendresse. Il jette un œil parfois sur ses orteils, mais la beauté rapide de ses pieds brefs précipite la venue du plaisir, de sorte que Nicolas est obligé d'éloigner de son bassin la boule d'ivoire de la tête sculpturale, et si belle, de Marie, pour ne pas jouir entre ses lèvres :

Attends, Marie. Doucement, doucement... Viens, allonge-toi, ajoute-t-il.

Il l'entraîne avec lui sous la couette et pour la première fois il introduit ses doigts dans le sexe de Marie. Il est mouillé de ce même liquide erroné et crissant, corrompu, sans épaisseur, jaunâtre et médicamenteux, que fabriquait aussi Mathilde pendant ses cures de chimio, un liquide qui parfois lui procurait la sensation de faire l'amour avec une femme fontaine tant il était prolixe et d'une nature différente de ses habituelles sécrétions vaginales, sans densité, exactement comme de l'eau – et cela n'avait pas manqué de l'exciter que Mathilde mouille à ce point pendant son traitement, même si bien sûr l'origine de cette aqueuse prodigalité restait irréductiblement suspecte.

Ce n'est que le lendemain matin, après avoir dormi l'un contre l'autre, encastrés l'un dans l'autre, et bien dormi, très bien dormi, comme s'ils vivaient ensemble depuis des années et qu'ils avaient appris à faire cohabiter leur sommeil respectif, que Marie et Nicolas font l'amour, tendrement, amoureusement, jusqu'à en jouir, Nicolas tout du moins, en Marie qui soupire de plaisir.

(Marie jouira avec Nicolas pour la première fois le surlendemain, le mercredi matin. D'abord sous la langue de Nicolas, qui adorait lécher sa chatte charnue et généreuse, et boire à sa source ce liquide inexact, chimiquement dévoyé, qu'elle prodiguait en abondance, semblable au jus d'un coquillage. Ensuite en faisant l'amour, orgasme simultané.)

L'après-midi du premier jour, ils font une lente et longue promenade dans le quartier de Brera, en s'arrêtant de temps en temps pour que Marie reprenne haleine. Elle ne peut plus marcher qu'avec peine, son corps s'est démusclé et s'étiole chaque jour davantage. Elle dit à Nicolas avoir la sensation, quand elle marche dans la rue, d'être une vieille dame de quatre-vingt-deux ans.

Hier tu m'as dit quatre-vingt-seize, lui dit Nicolas.

Tu me fais rajeunir ! Ta présence m'a rajeunie de quatorze ans en douze heures ! Un exploit !

Nicolas annonce à Marie qu'une série de concerts en Allemagne et dans les pays de l'Est va le tenir éloigné d'elle une quinzaine de jours. Mais qu'au terme de sa tournée il s'empressera de revenir la voir et qu'à l'avenir il habitera chez elle, si elle en est d'accord, quand son emploi du temps le lui permettra.

Et ta femme ? lui demande Marie.

Je vais lui expliquer. Je veux vivre et passer avec toi le plus de temps possible.

Tu vas la quitter ? lui demande Marie.

Je ne comprends plus ce que ces phrases veulent dire. Quitter, rester. À la fin de ma tournée avec l'Orchestre de Paris, je viendrai directement de Bucarest à Milan, où je m'installerai avec toi. C'est tout ce que je peux te dire. Cette phrase-là, je la comprends. Est-ce que je quitte ma femme ? Je ne sais pas. Cela n'a aucun sens de décrire la situation avec de telles phrases. Aucun sens. Je devrai faire des séjours réguliers à Paris pour régler des affaires, honorer des rendez-vous, répéter, voir mes enfants.

Marie dit à Nicolas que son bonheur est immense.

Marie dit à Nicolas qu'elle a passé avec lui les trois plus beaux jours de ces vingt dernières années.

Marie dit à Nicolas qu'il avait donc fallu l'irruption d'un cancer incurable (*Il ne l'est pas*, l'interrompt Nicolas : ton cancer n'est pas incurable, *tu vas guérir*, à quoi Marie lui adresse un fin sourire de gratitude en poursuivant sa phrase), pour qu'elle connaisse enfin avec un homme le bonheur suprême, l'amour fou.

C'est quand même d'une ironie, lui dit Marie. Déjà, la veille de ton concert, j'avais eu le coup de foudre pour toi, comme tu t'en es peut-être aperçu.

Ah bon ? Pas du tout... lui répond Nicolas avec malice.

Mais tu t'es éclipsé en pleine promenade, en me jetant dans ce taxi sans même me dire au revoir. J'en ai été meurtrie. Non, pas meurtrie, le mot n'est pas exact.

Tu veux qu'on s'assoie là ? lui demande Nicolas qui sent que Marie est en train de s'essouffler, que marcher lui est pénible.

Oui, s'il te plaît, merci, tu as raison, on sera bien sur ce banc. Il fait doux aujourd'hui. Demain il pleut, on restera à la maison.

Tu disais, Marie ? Que tu t'étais sentie meurtrie ?

J'aimerais bien qu'on aille acheter des gâteaux, après, pour notre dîner, si tu veux bien.

Mais bien sûr.

Mon médecin m'a recommandé de manger du sucre. Souvent je suis trop nauséeuse pour apprécier les pâtisseries mais aujourd'hui j'en ai envie, je ne sais pas pourquoi, il y a longtemps que ça ne m'était pas arrivé. Tu me rends l'appétit. Je me sens gourmande tout à coup !

Tu te sens gourmande. J'adore que tu dises ça. Je suis heureux que tu te sentes gourmande, Marie.

Il y a tout près d'ici une pâtisserie que j'aime beaucoup, l'une des meilleures de Milan, Marchesi, rue Santa Maria alla Porta, où ils font de délicieux gâteaux. On ira, tout à l'heure. Tu pourras y boire ton café. C'est un endroit magnifique, un peu vieillot, avec des boiseries, un grand comptoir en zinc. Tu vas aimer.

Si c'est ce qui te fait envie, bien sûr que nous irons. J'y boirai mon double expresso.

Je rêve d'une tarte à la marmelade de framboise ! Ils la font divinement bien chez Marchesi.

Tu reprends des forces, c'est flagrant. Tu vas déjà beaucoup mieux que dimanche soir. Je reviendrai autant de fois qu'il le faudra pour que tu guérisses.

Et après, quand je serai guérie ?

Je reviendrai en profiter. Je profiterai de ma Marie guérie. Je reviendrai te faire l'amour, te faire jouir et jouir en toi, jouir encore, jouir encore. Moi aussi j'ai envie d'une tarte à la confiture de framboise, j'adore ça.

Qu'est-ce que je disais ? Elles me font perdre le fil toutes ces émotions, dit Marie à Nicolas.

Ils se sourient. Ils s'embrassent.

Meurtrie, je crois.

Oui, voilà ! Non, justement, pas meurtrie, le mot n'est pas exact. Ni blessée. Il ne s'agit pas de ça. Peinée. J'en ai été peinée, ta disparition en pleine promenade m'a rendue triste, inconsolable. Ça a duré des semaines. Je me disais que tu étais un homme avec lequel. Je me suis sentie tellement seule tout à coup. C'est pour ça que je n'ai pas réagi au bouquet que tu m'as envoyé. C'est pour ça que j'ai renoncé à t'écrire, le lendemain, pour te dire à quel point j'avais été renversée par la beauté de ta symphonie, et par la grandeur de son exécution. J'en ai pleuré, tu sais ? J'ai pleuré sur mon siège de la Scala sans pouvoir m'arrêter. Non seulement pendant le concert mais après, une fois les lumières rallumées. Je suis restée assise longtemps, pétrifiée sur mon siège, les yeux rougis. J'étais venue à la Scala avec des amis, on devait aller dîner après le concert, une table avait été réservée à mon nom, mais je leur ai dit que je devais rentrer à la maison, que je ne me sentais pas bien. Je leur ai faussé compagnie pour aller me réfugier chez moi et pouvoir pleurer jusqu'au matin, tellement ta symphonie m'avait remuée, *atteinte*, décortiquée. Exactement comme si ta musique m'avait parlé *à moi* de ce que j'avais vécu ces dernières années. De ma maladie. De ma mort annoncée et certaine. De ma peur de mourir. De mon combat. Du miracle de ma rémission. Comme si ta musique, dirigée par toi, de tes propres mains, avait parlé à mon corps, à mes entrailles, à mes organes. Je n'avais jamais senti de cette façon l'intérieur de mon corps, comme ces écorchés qu'on voit dans les manuels de médecine, chaque organe désigné à ma conscience par une sensation précise, de plaisir, de chaleur. De douceur. De vertige. J'ai aussi beaucoup mouillé. Je peux te le dire maintenant que nous sommes intimes. Même si ça avait certainement moins à voir avec ta symphonie qu'avec l'homme qui l'avait écrite, et qui la dirigeait sous mes yeux, parce que j'étais déjà amoureuse. Ce ne sont pas les musiciens que tu dirigeais, mais l'orchestre symphonique de mon organisme. Tu dirigeais mes émotions et mon désir, mon corps, mes sentiments, toute ma personne, *entièrement*, avec ta baguette de chef d'orchestre. Je ne sais pas comment t'expliquer ça. J'en ai pleuré de bonheur. Je me suis sentie exister avec une force que tu ne peux pas imaginer.

Je viens de recopier des notes que j'avais prises dans un carnet quand je pensais encore que j'allais écrire *Une seule fleur*, et qu'*Une seule fleur* serait mon prochain livre, alors que ce serait *Le système Victoria*.

Ce dialogue entre Marie et Nicolas assis l'un près de l'autre sur un banc du quartier de Brera, non loin de la Scala, ce moment à la fois ordinaire et précieux où deux amants s'apprêtent à aller s'acheter des gâteaux pour leur dîner alors même que la mort inexorable va bientôt les séparer (ils le savent tous les deux, en cet instant), a été écrit à l'été 2008 en terrasse du Nemours, je m'en souviens aujourd'hui encore avec précision, je pourrais même vous montrer la table où je m'étais installé pour y passer l'après-midi et réfléchir à mon roman. Quelques pages plus loin, dans ce même carnet à spirale Clairefontaine de couleur verte, au milieu de notes pour divers textes de commande (en particulier un reportage sur Maison Martin Margiela pour *ELLE*), se trouve la recension détaillée de ma deuxième conversation, à l'automne de la même année, sur cette même terrasse du Nemours, avec une femme venue de Metz pour me confier le témoignage de sa vie conjugale désastreuse, et qui, avec d'autres, allait contribuer à m'inspirer le personnage principal du roman que j'écrirais quatre ans plus tard, *L'amour et les forêts*. Si je feuillette ce carnet, comme je suis en train de le faire à l'instant, je tombe presque à chaque page sur des exhortations à avoir confiance en moi, à écrire sans avoir peur, à ne pas craindre l'avenir, à m'abandonner au plaisir de l'écriture et du moment présent, plutôt que de me racornir dans la nostalgie et la mélancolie de ce que je venais de vivre avec Margot, d'une beauté et d'une puissance de transfiguration qui me semblaient alors insurpassables. Et sur la page inaugurale de ce carnet, griffonné à la hâte sous sa dictée lors de notre première rencontre, le numéro d'une journaliste de *L'Express Styles* qui m'avait interviewé à la sortie de *Cendrillon*, dont le visage alerte et juvénile aux cheveux bruns coupés très court me ravissait, morte depuis d'une crise cardiaque, une nuit, dans son sommeil, non loin de chez moi, et à laquelle il m'arrive de penser quand je passe devant l'immeuble où elle habitait. Je suis ému aujourd'hui de tomber sur son numéro de téléphone, en ouverture de ce vieux carnet, de ce morceau de passé.

À l'époque, tandis que je réfléchissais à *Une seule fleur*, je n'avais pas encore déterminé si Marie avait des enfants, ni quelle était sa profession. Mais dans mon esprit elle était plutôt *mère*, elle avait sans doute une fille d'une douzaine d'années née d'un mariage avec un industriel milanais dont elle avait divorcé, ce qui aurait expliqué les moyens financiers que présupposait le bel appartement du quartier de Brera. La jeune fille vit normalement en alternance chez son père et chez sa mère, mais depuis la récidive du cancer de Marie il a été convenu qu'elle lui rendrait visite quasi quotidiennement tout en demeurant chez son père pour y passer les nuits. Nicolas et elle font connaissance assez vite et j'avais envie qu'ils s'entendent bien, que la fille de Marie soit bouleversée par la délicatesse de Nicolas à l'égard de sa maman malade et bientôt expirante, alors même que ces deux-là, sa maman et cet homme charmant tombé du ciel, grand compositeur de surcroît, célèbre, se connaissent depuis peu, ce qui ne manque pas de l'interloquer. La vraie Marie était une femme de pouvoir : cette Marie-là aussi d'une certaine façon, tout du moins intellectuellement. Française, agrégée de philosophie, elle est journaliste et grand reporter, correspondante à Milan d'un quotidien français, auteur de plusieurs livres sur la société contemporaine. Tout cela était encore assez flou, je n'avais encore rien décidé, mais c'est ainsi que je l'entrevoyais, ma Marie de Milan.

De retour à Paris, Nicolas dit à Mathilde qu'il a quelque chose de la plus haute importance à lui dire. Il la prévient que ça va être pour elle un séisme, elle ne peut pas s'y attendre, lui-même ne s'y attendait pas, ce dont il va l'informer a surgi dans sa vie du jour au lendemain sans lui laisser le moindre choix, mais néanmoins il la supplie d'essayer de le comprendre.

Qu'est-ce que tu vas m'annoncer ? lui demande Mathilde, décontenancée. Tu m'inquiètes tout à coup. C'est quoi ce ton solennel, ces précautions oratoires ?

Je vais quitter la maison quelque temps, lui dit Nicolas.

Comment ça tu vas quitter la maison quelque temps ?

Je ne viendrai plus ici pendant un certain temps.

Quoi. Attends. Je ne comprends pas. Tu n'es tout de même pas en train de me dire.

Je ne vivrai plus ici pendant un certain temps, oui. Mais

je ne te quitte pas, si c'est ça que tu. Je ne dirais pas les choses de cette façon.

Tu ne dirais pas les choses. Je ne comprends rien. Qu'est-ce que tu racontes, Nicolas ? *Tu es en train de m'annoncer quoi exactement.*

Je pars. Pendant un certain temps. Je reviendrai. Je ne te quitte pas. C'est tout.

C'est tout ? *C'est tout ?!*

...

Tu ne m'aimes plus ? Tu pars parce que tu.

Tu sais très bien que je t'aime. Mathilde. Enfin. Je ne t'ai jamais autant aimée. Tu le sais très bien. On ne s'est jamais aussi bien. On n'a jamais été aussi proches et complices. La question n'est pas là.

La question n'est pas là, lui répond Mathilde. Mais elle est où, alors. Je ne comprends rien. Si tu ne m'as jamais autant.

J'ai besoin de m'éloigner. J'ai quelque chose à faire loin d'ici, qui n'a rien à voir avec toi. Je reviendrai quand ce sera fini. C'est tout.

C'est tout. Juste ça : *c'est tout*. Et tu penses que ça va suffire ?

...

Comment ça tu reviendras ? *Quand ce sera fini !* Qu'est-ce que c'est que cette histoire ? Tu t'en vas ? Tu pars ? Comme ça ? Sans explication ? *Quand ce sera fini !* Mais de quoi tu parles ?! Quand *quoi* sera fini ?!

Je ne peux pas être plus clair. Je t'aime. On est inséparables. Je finirai ma vie avec toi. C'est ce que je souhaite au plus profond de moi-même. Mais j'ai besoin de deux mois. J'ai quelque chose à faire en dehors de toi, de notre amour, de notre maison, pendant deux mois, loin d'ici.

Tu as rencontré quelqu'un ?

...

Tu as rencontré quelqu'un, oui ou non, je t'écoute.

J'ai rencontré quelqu'un.

Voilà. D'accord. C'est clair maintenant.

Je ne crois pas qu'il soit tellement plus clair de présenter les choses de cette façon, non, détrompe-toi.

Je la connais ?

...

Qui est-ce ?

Je t'en ai déjà. Il y a deux ans. La femme qui m'avait fait pleurer, à Milan, la veille de mon, je ne sais pas si tu t'en souviens.

Bien sûr que je m'en souviens. Et ?

Elle a rechuté.

C'est pour ça que tu es parti à Milan dimanche soir ?

Oui.

Et ?

Elle va mourir.

Et ?

Elle n'en a plus que pour deux mois. Deux mois grand maximum. Peut-être trois. C'est ce que disent ses médecins. Je dois aider cette femme.

À quoi ?

Je n'en sais rien.

?!...

À guérir. À mourir. Je ne sais pas. Être avec elle. Je l'aime.

?!...

…

Tu l'aimes ?

Je t'aime, je l'aime, je l'aimerai pendant les deux mois qu'il lui reste à vivre. Et je reviendrai.

Nicolas. Qu'est-ce que tu me racontes ?

Et je reviendrai.

Qu'est-ce que c'est que cette histoire ahurissante ?

Et je reviendrai.

…

…

Attends. Tu es en train de me dire que tu me quittes pour une femme qui est en train de mourir, tu l'aimes, tu vas l'aimer pour le restant de ses jours, c'est-à-dire pendant deux mois, *deux mois grand maximum*, et après avoir aimé cette femme pendant deux mois, *deux mois grand maximum*, et l'avoir accompagnée dans la mort, tu reviendras continuer à m'aimer moi, comme si de rien n'était ? *C'est bien ça que tu es en train de me dire ?* Et tu penses que je vais l'accepter, que tu vas pouvoir t'absenter deux mois pour en aimer une autre, tout agonisante qu'elle soit, et revenir à la maison après son enterrement, comme si de rien n'était ? Et que je vais te répondre oui, vas-y, aucun problème ? C'est une plaisanterie ! La réponse est non Nicolas.

Eh bien tant pis. Je ne peux pas faire autrement. Je te demande de me comprendre. Il faut que j'aide cette femme, que je sois avec elle, c'est comme ça, ne me demande pas de te l'expliquer. Si tu ne peux pas l'accepter, c'est un désastre. Un désastre pour moi, un désastre pour nous. Mais je ne peux pas m'y soustraire, c'est inimaginable. Mathilde, je te demande de croire une chose, c'est que je t'aime à la folie.

Et si cette femme devait vivre ? Que ferais-tu ?

Je n'en sais rien.

Tu n'en sais rien ?! dit Mathilde en éclatant d'un rire nerveux, sonore. *Tu n'en sais rien ?!*

Est-ce qu'on sait jamais ce qu'on va faire, dans sa vie ? Tu te rends compte de la question que tu.

...

C'est comme si je te demandais ce que tu feras le 22 mars 2024 dans l'après-midi ? Es-tu certaine d'être bien vivante, dans quinze ans ? Où seras-tu, dans huit ans ? et qu'auras-tu en tête ? On ne sait pas. On ne sait pas si on va aimer longtemps. Si on va avoir de l'inspiration. S'il y aura un tremblement de terre. Si nous aurons un accident.

Si tu penses t'en tirer par ces phrases.

Même nous, Mathilde. Est-ce qu'on est sûrs que l'on s'aimera de la même manière dans vingt ans ? On l'espère de tout cœur mais on n'en sait rien. On sait qu'on n'en sait rien mais on a envie d'y croire, c'est ce qui fait la force de notre amour. Et sa beauté. On se l'est souvent dit. On recommence chaque matin à s'aimer. Chaque matin je me réveille auprès d'une inconnue dont chaque matin je retombe amoureux. Chaque matin. Depuis dix-huit ans.

C'est ce qui *faisait*. C'est ce qui *faisait* la force de notre amour, tu veux dire. Mais c'est fini Nicolas. Pour ce qui me concerne, si tu pars t'installer à Milan avec cette femme, je ne sais pas si notre amour pourra s'en remettre. Qu'elle soit mourante ne modifie en rien mon point de vue sur la situation de banal adultère que tu me proposes d'accepter. Il n'y a aucune circonstance atténuante dans le fait qu'elle soit en train de crever, contrairement à ce que tu as l'air de croire.

...

Mais Nicolas, tu entends les phrases que tu me fais dire ? *Il n'y a aucune circonstance atténuante dans le fait qu'elle soit en train de crever.* Qui aurait pu concevoir qu'un être humain prononcerait un jour une telle phrase, une phrase aussi choquante ?

Je t'aime, Mathilde.

Tu m'aimes ! Tu m'aimes ! Mais tu pars rejoindre une autre femme ! Tu m'as dit tout à l'heure que tu l'aimais ! Tu l'aimes ?

...

Tu l'aimes, oui ou non ?

J'aime cette femme. Oui. Depuis que le directeur de la Scala de Milan m'a appris qu'elle allait mourir.

Avoir appris du directeur de la Scala de Milan qu'elle allait mourir t'a rendu amoureux d'elle. Toi aussi tu es malade Nicolas. Mais du cerveau. Il faut aller te faire soigner.

L'amour est toujours une maladie mentale, tu ne découvres pas cette vérité seulement maintenant, Mathilde, rassure-moi, si ? *Si !?*

Ne me prends pas pour une conne s'il te plaît.

L'amour n'a jamais été autre chose qu'une putain de folie qui t'envahit, c'est une force qui s'empare de ton esprit, qui annihile ta volonté, qui l'asservit, je ne vais pas t'apprendre ça à ton âge, tout de même.

Je me passerai de tes leçons, ce soir. Merci.

Aucune leçon. Je ne te fais pas la leçon, Mathilde.

Et de tes lieux communs, surtout. *De tes putains de lieux communs.*

Je conçois qu'il te soit difficile d'admettre que ce qui me lie à cette femme provienne du fait qu'elle va bientôt mourir, et qu'apprendre qu'elle allait bientôt mourir m'ait rendu inconsolable, et que ce sentiment particulier, mon *inconsolabilité* si tu veux, doive prendre le nom d'*amour*, faute d'un mot plus adéquat pour le définir. Cela n'a pas de nom ce qui m'a saisi. Cela n'a pas de nom ce qui s'est emparé de moi et qui m'oblige à te. À quitter la maison quelque temps. Quand je dis je t'aime Marie, et quand je dis je t'aime Mathilde, elles n'ont rien à voir l'une avec l'autre les substances contenues dans ces deux verbes, même si eux sont identiques.

...

Je ne peux pas faire autrement. Si tu refuses, je serai le plus malheureux des hommes, mais je n'en resterai pas moins fixé sur la décision que j'ai prise. Je n'ai pas le choix. Je suis désolé.

(Mathilde se met à pleurer et Nicolas la prend dans ses bras, et Mathilde le rejette.)

Donc, là, ce que je suis censée comprendre, résumons, c'est que tu pars, tu t'en vas rejoindre une autre femme pour filer avec elle le parfait amour, et tu reviendras quand elle sera morte, c'est bien ça que tu es en train de me dire ? Et tu penses que je vais l'accepter ?

Je ne sais pas, Mathilde. Je suis fatigué. Filer avec elle le parfait amour. Si c'est plus facile pour toi de simplifier la situation en te disant que ton mari a rencontré une autre femme, et qu'il part vivre chez cette autre femme, chez sa maîtresse donc, pour filer avec elle le parfait amour, fais ça, dis-toi ça, convaincs-toi que je te trompe, que je suis tombé amoureux d'une autre femme, je ne sais pas quoi te dire. Mais il ne s'agit pas de ça du tout. Il est inconcevable pour moi que je n'apporte pas mon amour, tout mon amour, à cette femme, dans la situation où elle est. C'est inimaginable. J'en mourrais si je l'abandonnais. Je vais l'aimer jusqu'à sa mort, ou jusqu'à sa rémission.

(Mathilde pleure. Elle est en colère. Assise. Elle jette un objet à travers la pièce. Il se fracasse sur le mur.)

Tu es un grand malade. C'est.

On dira aux enfants que je suis parti en tournée à l'étranger, une longue tournée. Je viendrai leur rendre visite une fois de temps en temps. Je leur téléphonerai. En attendant, ce soir, si tu préfères que j'aille dormir ailleurs, à l'hôtel.

Je préférerais que tu ailles dormir ailleurs, à l'hôtel, où tu veux. Oui, merci. J'ai besoin de réfléchir.

OK.

Je ne crois pas que je pourrai accepter ce que tu me proposes, Nicolas. Je ne crois pas.

Deux mois. Tu peux quand même attendre deux mois non ? Ce n'est pas si long deux mois ! *Tu peux tout de même accepter que je quitte la maison pendant deux mois !*

Ce n'est pas une question de durée, pauvre imbécile ! C'est idiot ce que tu es en train de me dire ! Jusqu'à cette phrase, c'était douloureux, c'était d'une violence folle, mais au moins cela se tenait, cela avait les apparences de quelque chose d'un peu grand, d'admirable, à la limite ! *À la limite !* Mais là, ce que tu viens de dire, *tu peux quand même attendre deux mois*, excuse-moi, c'est idiot ! c'est irrecevable ! La question n'est pas que cela dure un mois, trois jours, un an, deux semaines ! Mais la nature de ce que tu pars vivre avec cette femme. Et qui est sans doute l'expérience la plus intime, la plus profonde. La moins anodine. Je ne sais pas. La plus sublime qui puisse se concevoir entre deux êtres. Et tu voudrais que je l'accepte !

Elle va mourir, Mathilde. Quand je rentrerai, elle sera morte. Tu ne vas pas être jalouse d'une femme qui dans deux mois, quand je serai rentré à la maison, sera morte ?! Si ?!

Etc., etc., etc.

Une seule fleur se serait enfoncé dans une matière de cette nature, inconnue, déconnectée de tout repère, comme si ce livre avait été une barque instable s'éloignant phrase après phrase du littoral des situations répertoriées, normées, reconnaissables, pour entraîner ses occupants, donc le lecteur, sur une mer disparue sous un épais brouillard, voire abolie par celui-ci dans son principe physique de mer pour n'être plus qu'une pure abstraction – et le lecteur une unité orpheline, égarée. La situation dans laquelle Nicolas place Mathilde est tangible, brutale et douloureuse. Mais elle est aussi parfaitement inconcevable. Pourtant, ce que je rêvais qu'*Une seule fleur* soit de taille à accomplir, c'était de renverser l'appréciation du lecteur sur ce qui relève d'une décision atterrante, à récuser absolument, et sur ce qui relève à l'inverse d'un comportement intelligible et acceptable, même s'il le désapprouve ou n'aurait pas agi lui-même de la sorte dans des circonstances analogues, de sorte que le lecteur, comme *inversé*, finisse par accueillir comme une évidence la nécessité où croit se trouver Nicolas de prendre la décision qu'il prend. Ce geste abrupt, tranchant, auquel il se résout, pour lequel il n'hésite pas à sacrifier son couple et son amour pour Mathilde, j'aurais voulu que le lecteur le comprenne comme étant dans le fond inévitable et plus encore d'une beauté sidérante, ouvrant pour lui un espace insoupçonné où il se surprendrait à vouloir pénétrer lui aussi à la suite de Nicolas, abandonnant Mathilde à sa douleur, à sa raison outragée.

Y serais-je parvenu ? Dans l'état de déréliction où je me trouvais à l'époque, je ne m'y suis pas risqué.

Nicolas fait sa valise pour quinze jours et part dormir cette nuit-là dans un hôtel du quartier, près de la gare du Nord. Mathilde pleure dans leur chambre et refuse d'ajouter le moindre mot à ce qu'elle lui a déjà dit, ou d'entendre Nicolas s'expliquer davantage.

La tournée à Munich et dans les pays de l'Est se passe très bien. Partout où Nicolas la dirige, sa symphonie magique égare les auditeurs dans un état de prostration émerveillée qui dure de plus en plus longtemps après l'exécution de la dernière mesure, avant d'être acclamée bruyamment, debout, avec fracas (après la dernière note, l'auditeur désorienté paraît avoir du mal à trouver la sortie vers le réel, vers sa raison, vers l'instant présent, vers ce qu'il a sous les yeux, en l'occurrence Nicolas qui tourné vers la salle attend que le public se réveillant de son ravissement fasse retentir enfin sa gratitude). Le sortilège inoculé aux auditeurs est d'autant plus redoutable que Nicolas s'enfonce chaque jour un peu plus dans les dispositions mentales où l'avait propulsé trois ans plus tôt, à l'époque où il écrivait son chef-d'œuvre, le cancer à évolution rapide de Mathilde, car l'état de Marie empire de jour en jour, d'heure en heure même, c'est ce dont il se rend compte avec accablement toutes les fois qu'il lui téléphone.

Mathilde a fait savoir à Nicolas par un message vocal glacial qu'elle préférerait ne pas communiquer avec lui durant son absence. S'il voulait parler aux enfants, il devait appeler sur le poste fixe de la maison aux heures où il savait qu'elle était au bureau.

En revanche, Marie et Nicolas se parlent et s'expédient des SMS continûment. La voix de Marie est de plus en plus faible, basse, inaudible. Parler l'essouffle en peu de phrases, en moins en moins de phrases.

De fait, au terme de sa tournée avec l'Orchestre de Paris, quand il rentre à Milan, Nicolas constate le cœur brisé que Marie a grandement dépéri. Cela va à une vitesse phénoménale. Il ne s'est absenté qu'une quinzaine de jours, mais une quinzaine de jours c'est un quart de l'espérance de vie qu'elle s'était vu accorder par les médecins, c'est beaucoup et les effets sur son physique de ce seul pas de géant vers la mort sont indubitables.

Néanmoins ils font l'amour avec passion, à la demande de Marie.

Nicolas n'a jamais autant aimé ni désiré Marie qu'à son retour de sa tournée en Allemagne et dans les pays de l'Est.

Lui faire l'amour et jouir en elle, c'est le lui signifier de la manière la plus entière, alors Nicolas lui fait l'amour chaque jour et y prend un plaisir toujours plus fort.

Marie est désormais trop épuisée pour jouir, elle n'a plus l'énergie d'aller chercher les orgasmes aux sommets inaccessibles de ses facultés psychiques et corporelles. Mais elle prétend que le sentir la pénétrer chaque soir est la chose la plus douce qu'elle soit encore en mesure d'attendre de l'existence, dans l'état de ruine où la maladie l'enfonce chaque jour un peu plus, la privant chaque jour d'une ressource supplémentaire, d'une quantité de souffle supplémentaire, d'un geste supplémentaire qu'elle ne peut plus accomplir sans effort.

L'autre chose qui continue de l'enchanter, ce sont les excellents champagnes que Nicolas leur débouche pour le dîner, accompagnés d'un carpaccio de bœuf au parmesan et roquette, le plat préféré de Marie et le seul qui lui fasse encore envie, avec les huîtres, les fruits, les légumes crus.

Je vais bientôt mourir, Nicolas, je le sens, je le sais, lui dit-elle un soir tandis qu'ils se tiennent enlacés au fond du grand canapé rouge du salon, celui-là même où le soir de son arrivée Nicolas avait dénudé et embrassé avec dévotion la tête sculpturale, et si belle, de Marie. Ta présence m'est précieuse. C'est ce qu'il me fallait pour espérer guérir, foudroyer mon cancer. Ta présence ici, à Milan, amoureuse, avec moi, pour lutter. Mais ce cancer, ce cancer-là. Est plus puissant que tout. Je le sais. Tu le vois comme moi. Toi aussi tu le sais.

Marie. Tu vas guérir. Ne te décourage pas.

Je vais mourir.

Je suis là. Prends ma force. Tu vas guérir.

Non Nicolas. Je vais mourir. Bientôt.

Marie, écoute-moi.

Tais-toi, l'interrompt-elle. Accepte l'évidence. C'est beau, aussi. Mourir avec toi près de moi, ici, à Milan, vivre mes dernières semaines en aimant, et en étant aimée de cette façon, par toi, c'est magnifique. Vis la situation comme la réalité nous l'impose. La situation est telle qu'elle est, je vais mourir, nous nous aimons, ce que nous vivons est beau, ce que tu me fais vivre est parfait, il faut en avoir conscience. Ne nous mentons pas Nicolas.

...

Tu me rends heureuse.

...

Tu veux que je te dise ?

Oui, je t'écoute.

Je n'ai jamais été aussi heureuse. Voilà. C'est aussi simple que cela. Aucun homme ne m'avait jamais aimée comme tu m'aimes toi. D'une façon aussi belle. Aussi inconditionnelle. Je suis quand même devenue hideuse.

Tu n'es pas hideuse du tout. Marie, pas hideuse du tout. Je te trouve belle, tu es sublime.

Tu dis n'importe quoi. J'aurai connu ça finalement. Tant mieux, j'en suis heureuse. Si c'est à ma maladie que je le dois, on pourra dire qu'elle n'aura pas été que funeste, et je lui dis qu'elle m'est chère, cette maladie haïssable. Dans le fond, est-ce qu'il ne vaut pas mieux une situation qui nous fait connaître ça, ce qu'on vit en ce moment tous les deux, même si je dois mourir dans trois semaines, plutôt que. Je ne sais pas. Ce que nous vivons me fait accepter ma mort. Et aimer le chemin que nous empruntons, malgré ce qu'il signifie. Et accueillir sereinement son issue.

...

Je ne veux pas gâcher ce que nous vivons en me laissant dominer par la révolte de ma mort prochaine. Ou ne serait-ce que par la tristesse de devoir bientôt t'abandonner. Mon amour, Nicolas. Mes yeux ne sont fixés que sur toi, de minute en minute. Je ne pense qu'à ça. Je ne vois rien d'autre que la beauté de chaque minute, de minute en minute, avec toi. Le plaisir que c'est, d'être ici, à Milan, avec toi, nous deux, dans cet appartement, l'un avec l'autre, à nous aimer. C'est ce qui s'appelle *vivre*, non ?

...

Tu sais ce qui me ferait plaisir ?

Non, dis-moi. Mais je te dis déjà oui : c'est oui.

Tu me fais rire, Nicolas. Tu es merveilleux.

Je te dis oui. C'est quoi ?

Eh bien...

C'est oui ! l'interrompt Nicolas en riant.

Arrête, Nicolas ! lui dit Marie en lui prenant la main.

Si c'est que je vienne chaque jour jouir en toi, dans ton corps que j'aime tant, et voir notre plaisir à tous deux se répercuter dans la lumière de tes yeux, il n'était pas utile de me le demander : c'est oui.

(Marie sourit, littéralement désarmée.)

Nicolas, tu viendras jouir en moi chaque jour, je le souhaite, c'est mon plus grand bonheur : c'est une évidence. Mais ce n'est pas ce que je voulais te demander.

Je viendrai jouir en toi chaque jour, Marie, mon amour.

Ce serait.

C'est oui ! je dis oui !

Arrête, laisse-moi parler maintenant. Petit taquin.

Je t'écoute : pardon. Pardon Marie.

Je n'ai plus trop la force de parler. Laisse-moi te dire.

Pardon, je t'écoute, parle, dis-moi.

Je te pardonne.

...

Ce serait que tu m'écrives.

...

Ce qui me ferait plaisir, Nicolas, ce serait que tu m'écrives un requiem.

Un requiem.

Un requiem. Pour moi, pendant le temps qu'il me reste. Que tu l'écrives ici, à Milan, dans notre appartement. Puisque bientôt on ne pourra plus sortir, nos promenades me seront devenues impossibles.

C'est une idée magnifique. Je vais t'écrire un requiem. Marché conclu. Le soir, avant dîner, je te jouerai au piano ce que j'aurai écrit pendant la journée.

Oh oui, ce serait beau. Quelle bonne idée ! Nicolas, ce serait beau qu'on fasse ça !

On va le faire. On va le faire, ma Marie. Je vais t'écrire un requiem.

(Marie sourit. Nicolas la serre contre lui. Il lui embrasse les lèvres.)

Elle me plaît, ton idée. Le soir, je m'allongerai ici, dans mon canapé rouge, sous un grand plaid, tu te mettras au piano et tu joueras ce que tu m'auras écrit pendant la journée.

Si c'est ce qu'il faut pour te rendre heureuse, je le ferai.

Heureuse ? Mais plus qu'heureuse ! Plus qu'heureuse, Nicolas !

Alors je le ferai. J'essaierai de te faire entendre la musique la plus belle qu'on puisse écrire.

Ce sera ton chef-d'œuvre.

Si c'est ce que tu souhaites, ce sera la pièce de musique

la plus belle que j'aurai écrite. Je te le promets. Et je l'aurai écrite pour toi. Je vais annuler demain tous les concerts que j'ai dans les trois prochains mois.

Tu vois large, mon cœur. Je ne tiendrai pas trois mois. Mais je te suis reconnaissante de ne pas y croire tout à fait.

Je n'y crois pas du tout. Mais pas du tout, du tout, du tout. Tu vas vivre. Ma musique va te guérir. Une rémission va survenir, tu vas voir. Et le requiem que je vais t'écrire, il sera joué en ta mémoire dans vingt ou trente ans, le jour de ton enterrement, quand tu mourras de ta belle mort d'odieuse Milanaise acariâtre de quatre-vingt-seize ans !

Marie meurt trois mois plus tard. Ses médecins ne pensaient pas qu'elle tiendrait aussi longtemps. C'était miraculeux. L'agonie et les douleurs de l'agonie ne cessaient pas d'être différées par le corps de Marie, le temps que Nicolas achève son requiem. Elle n'aura finalement été admise à la clinique Columbus de Milan, en soins palliatifs, qu'une quinzaine de jours avant de mourir. Pendant le temps qu'elle aura passé chez elle au retour de Nicolas, lequel n'avait pas tardé à insister pour qu'elle fût assistée, une équipe médicale la visitait quotidiennement et les derniers jours une infirmière dormait sur place, logée dans une chambre d'amis, pour soulager sa douleur quand elle était trop forte, s'occuper d'elle, lui servir son déjeuner (pendant que Nicolas travaillait). Nicolas, comme il le lui avait promis, lui jouait chaque soir au piano ce qu'il avait écrit durant la journée. Il lui jouait chaque fois son requiem depuis le début, et souvent à plusieurs reprises, et pas seulement les quelques mesures qu'il venait de composer. Elle adorait son requiem. Elle le lui disait. J'adore mon requiem, Nicolas. C'est mon requiem, c'est le plus beau requiem que je connaisse, tu me rends tellement heureuse, mon tendre amour. Une femme a-t-elle jamais été aussi heureuse que je le suis en écoutant chaque soir ce qu'un génie de la musique lui a écrit pendant la journée, en pensant à elle, tandis qu'elle meurt ? C'est ma pièce de musique préférée. D'entre toutes celles que j'ai pu entendre de toute ma vie ce requiem que tu as écrit pour moi, pour ta Marie, est ma pièce de musique préférée, disait Marie à Nicolas. Des larmes montaient dans ses yeux, d'émotion, de gratitude, toutes les fois que Nicolas le lui jouait, son somptueux requiem. Il expliquait à la subtile mélomane qu'elle était ce qu'il avait voulu faire, et démontait pour elle comme une horloge les mécanismes et les savants rouages de sa composition, l'orchestration qu'il prévoyait, alors juste esquissée. Il lui décrivait sa partition en imitant chaque instrument de l'orchestre, comme l'avait fait avec moi Bruno Mantovani à l'époque où l'on travaillait tous deux sur *Siddharta*. Marie disait à Nicolas que c'était la musique la plus belle, la plus profonde et la plus déchirante que Nicolas avait jamais écrite. Nicolas savait qu'elle avait raison, il le sentait lui-même, et l'avenir leur donnera raison : à la suite du triomphe rencontré par sa première exécution, sous sa direction, à la Scala de Milan, exactement un an jour pour jour après le décès de Marie (un concert réclamé à Nicolas par le directeur de la Scala de Milan, en hommage à son amie Marie), le requiem de Nicolas est devenu en quelques années un grand classique de la musique contemporaine, couvert de prix et de distinctions dans un grand nombre de pays, un classique au même titre que le requiem de Fauré, que le requiem de Dvořák.

Marie aura été heureuse jusqu'à son dernier souffle. Apaisée, sereine. À la fin, à la clinique Columbus de Milan, en soins palliatifs, étourdie par la morphine, elle n'était plus vraiment consciente de son état, ni de la mort qui approchait, mais la présence de Nicolas lui apportait de la lumière, éclairait son visage et ses yeux, c'était visible, les infirmières le leur disaient. Il venait avec une petite enceinte Bose qu'il posait sur le lit et lui faisait écouter son requiem, même après qu'il eut achevé de le composer. Marie lui demandait, ou lui faisait comprendre par le regard ou par ses doigts qui enserraient les siens qu'elle voulait entendre son requiem : fais-moi entendre mon requiem, Nicolas... encore une fois... encore une fois... encore mon requiem... je veux écouter mon requiem encore une fois, Nicolas, mon amour, il est si beau... dis-moi oui... Quand il ne lui passait pas son requiem, il lui faisait écouter des morceaux qu'il avait joués sur son piano à queue, la nuit, durant ses insomnies, en pensant à elle, des sonates qu'ils aimaient tous les deux, de Schumann, de Mendelssohn, de Liszt, de Janáček, de Debussy. Ou bien des pièces pour piano qu'il écrivait pour l'alléger, brèves, enlevées, à la Satie, parmi lesquelles la fantaisie pianistique *Un baiser de Lena dans la nuit de novembre*, devenue fameuse, qui la faisaient sourire sur son lit de la clinique Columbus de Milan, en soins palliatifs, la petite enceinte Bose posée sur les draps, leurs doigts entrelacés, *les yeux dans les yeux*. C'est doux, Nicolas. C'est tellement doux de t'entendre jouer comme ça, sur mon piano, chez moi, ces musiques. Ces musiques que nous. Que nous aimions tant. Et de venir avec ici, murmurait-elle. Comme si. Ces belles. (Silence. Elle fermait les yeux.) Oui, comme si ? lui demandait Nicolas. (Elle déglutissait. Elle souriait. Elle rouvrait les yeux.) Comme si j'étais encore chez moi, à la maison, avec toi. Je reconnais le son de mon. De mon piano à queue. Merci, Nicolas, lui disait-elle faiblement, avec lenteur, la voix basse, rauque, presque sans souffle. Merci de faire venir jusqu'ici. Jusqu'ici, ta musique. Jusqu'ici, ta musique. Et mon. Et mon piano à queue. Le son si beau de mon piano à queue. Jusqu'ici, dans cette chambre. Je reconnais. Le son de mon. Ici. Jusqu'ici. De mon piano à queue. Ta musique est si belle. C'est tellement doux. De mon piano à queue. C'est presque doux, grâce à toi, jusqu'ici, de mon piano, de mourir, Nicolas. Je t'assure, achevait-elle, presque inaudible, en essayant de sourire. C'est mon piano, c'est ta musique, elle est si belle. Elle lui souriait. Mon piano à queue. Nicolas répliquait au mot mourir en lui posant deux doigts sur les lèvres, pour la faire taire avec tendresse.

Ce qui l'émouvait le plus, Marie, en dehors de son requiem, c'était les mélodies que Nicolas lui chantait en s'accompagnant au piano, écrites pour elle durant ses insomnies sur des poèmes qu'il lui choisissait avec soin. La dernière qu'il lui aura créée, en pleurant, dans son salon carré, sur son piano à queue, et qu'il aura été en mesure de lui faire écouter, le lendemain matin, dans sa chambre de la clinique Columbus de Milan, le jour de son décès, était la mise en musique d'un poème d'Émile

Verhaeren, un poète symboliste qu'admiraient Mallarmé, Maeterlinck, Zweig, ainsi que Nicolas. Nicolas le chantait et Marie avait pu entendre cette pièce, très affaiblie, presque expirante, sans plus parler, diffusée par l'enceinte Bose posée sur les draps près de leurs mains entrelacées. Ils se souriaient. Elle fermait parfois les yeux, semblait dormir longuement, presque mourir. Mais toujours les doigts de Marie répercutaient pour Nicolas les sensations que sa musique parvenait à diffuser dans son esprit et dans son corps, Nicolas le sentait aux effusions judicieuses, très opportunes, exactes, situées toujours aux plus beaux moments de ses morceaux, ou aux plus émouvants, que Marie la mélomane propulsait par brèves secousses de ses doigts faibles dans la conscience de son compositeur préféré, cet homme qu'elle adorait, l'amour de sa vie, en entendant, à plusieurs reprises, le jour de sa mort, son ultime composition :

Vous m'avez dit, tel soir, des paroles si belles
Que sans doute les fleurs, qui se penchaient vers nous,
Soudain nous ont aimés et que l'une d'entre elles,
Pour nous toucher tous deux, tomba sur nos genoux.

Vous me parliez des temps prochains où nos années,
Comme des fruits trop mûrs, se laisseraient cueillir ;
Comment éclaterait le glas des destinées,
Comment on s'aimerait, en se sentant vieillir.

Votre voix m'enlaçait comme une chère étreinte,
Et votre cœur brûlait si tranquillement beau
Qu'en ce moment, j'aurais pu voir s'ouvrir sans crainte
Les tortueux chemins qui vont vers le tombeau.

6

Nicolas rentre à Paris le lendemain des obsèques de Marie, ou peut-être même dès le lendemain de son décès. Ce qui est sûr c'est qu'il ne souhaite pas s'attarder à Milan, ni qu'on l'implique en tant qu'ultime amant et compagnon de la défunte dans quelque rôle ou responsabilité que ce soit, jugeant plus juste de se retirer comme il est apparu, à la façon d'un songe, dût-il causer à sa fille un chagrin supplémentaire en s'absentant abruptement de son existence.

Une fois rentré à Paris, Nicolas prend une chambre dans le même hôtel que celui où acculé par la colère de Mathilde il s'était réfugié la veille de son installation à Milan. Il y reste quatre nuits, sans appeler ni informer quiconque de son retour à Paris, afin de vivre comme il se doit son deuil et sa tristesse.

Il continue de téléphoner à ses enfants aux heures où il sait que leur mère n'est pas à la maison, leur faisant croire qu'il est toujours en tournée à l'étranger, inventant de nouveaux et d'exotiques points de chute dont les noms romanesques les font rêver.

Cinq jours après son retour à Paris, et alors qu'il ne s'est encore montré à personne, passant ses journées cloîtré dans sa chambre à lire de la philosophie, descendant dîner à la nuit tombée dans l'un des deux restaurants en bas de son hôtel, il se résout à appeler Mathilde et leur conversation téléphonique, comme il s'y attendait, se révèle de la plus grande brièveté. Nicolas se contente de dire à Mathilde, dès l'amorce de leur échange, que Marie est décédée, alors Mathilde lui répond qu'elle est désolée, lui demandant si ça va. Nicolas éludant sa question répond à Mathilde que Mathilde lui manque. Mathilde demeurant silencieuse, Nicolas continue : Je vais rentrer à la maison. Mais il prononce cette phrase sur un ton frémissant, avec une inflexion presque interrogative, inquiète, rendant possible que Mathilde lui dise non, pas maintenant, attendons encore un peu, à quoi Nicolas aurait répondu : Je comprends, je comprends très bien, tu me diras quand je pourrai revenir, j'attendrai, je t'aime. Après un long silence que Nicolas sait devoir ne surtout pas enfreindre, Mathilde lui dit, d'une voix douce et posée, toute pénétrée du pouvoir d'absolution et de mansuétude qu'elle se sait posséder en cet instant crucial de leur histoire d'amour :

Viens, je t'attends.

Au retour de Nicolas, Mathilde, femme pudique et entière, magnanime, *forçant le respect*, Mathilde l'épouse énigmatique ne lui pose aucune question sur ce qu'il a vécu à Milan aux côtés de Marie, ni ne fera jamais la moindre allusion, jamais, pas une seule fois, durant les années qui suivront, sur cette étrange et blessante parenthèse (y compris quand le requiem de Nicolas deviendra un immense succès, pièce que Mathilde considérera elle-même comme l'un des sommets irrécusables de son œuvre), car c'eût été à ses propres yeux d'une bassesse indigne d'elle que de s'autoriser cette intrusion dans ce qui avait été refermé par elle-même et de sa propre initiative dès lors qu'elle avait accueilli la requête de Nicolas sans y mettre de condition, lui disant *Viens, je t'attends*, quand il l'avait appelée pour lui faire savoir, avec un soupçon d'inquiétude dans la voix, qu'il désirait rentrer chez eux.

Le soir de son retour, les enfants sont tellement joyeux de revoir leur père qu'ils ne cessent de trépigner de bonheur et de sauter sur ses genoux, de vouloir lui montrer des secrets chacun dans leur chambre. Même les retrouvailles avec Mathilde sont d'un naturel auquel ils ne s'attendaient pas, ayant craint l'un et l'autre qu'il fût délicat de se retrouver après ce qu'ils savaient que Nicolas était parti faire à Milan. C'est un peu comme si cet épisode n'avait jamais existé et que la version servie aux enfants pour justifier sans les inquiéter une aussi longue absence de leur papa s'était substituée, dans l'esprit de Mathilde, mais aussi d'une certaine façon dans celui de Nicolas, à ce qu'il avait réellement accompli pendant ces trois mois. Certes, ces trois mois demeuraient dans sa mémoire à lui à l'égal d'une expérience sublime et à l'impact émotionnel considérable, toujours intact, mais un peu comme s'il l'avait vécue dans un autre ordre de la réalité, inventée pour ainsi dire, inventée et non pas vécue, ou vécue comme les artistes ont seuls le pouvoir de vivre les histoires, les formes plastiques et les dispositifs narratifs qu'ils élaborent, sans que ceux-ci ne rentrent jamais vraiment en concurrence directe avec leur vie réelle et quotidienne – ou bien alors d'une manière bien plus perverse et redoutable encore que l'obsédante emprise d'un adultère (à tel point que moi-même, depuis que j'ai séjourné à Milan, par l'entremise de Nicolas, dans le grand appartement de la rue Brera, et tenu entre mes mains, avant de poser mes lèvres sur les siennes, le crâne nu, blanc, émouvant, de Marie, plus aucune femme réelle ne trouve grâce à mes yeux, ma Marie de Milan les supplante toutes), mais c'est un autre sujet.

Une fois le dîner achevé, et les enfants couchés, Nicolas et Mathilde conversent un long moment au salon, principalement des affaires de Mathilde. Elle lui parle d'un appel d'offres auquel il savait qu'elle devait répondre quand il était à Milan et que son cabinet de conseil en stratégie a entre-temps remporté. Nicolas lui dit toute son admiration, il lui dit qu'il l'aime et qu'il la trouve plus belle que jamais. Elle le remercie et lui prend la main, puis ils s'embrassent sur les lèvres. Ils parlent ensuite des concerts que Nicolas doit encore donner ici et là en Europe avant qu'il ne se réenferme dans son bureau pour composer. À la suite de quoi ils décident d'aller se coucher. C'est étonnant la fluidité avec laquelle s'enchaînent les étapes de leur soirée, comme si cette dernière succédait à celle de la veille et celle-ci à celle de l'avant-veille, la délectable continuité de leur vie conjugale semble se poursuivre telle qu'en elle-même sans avoir l'air de s'être interrompue. À la suite de quoi, donc, disais-je, ils vont se mettre au lit, d'où ils regardent, pendant une vingtaine de minutes, à la télévision, sur une chaîne d'informations en continu, les nouvelles de la journée. Mathilde s'assoupissant, Nicolas éteint la télévision et prend un livre, en lit quelques pages, plonge ensuite leur chambre dans l'obscurité et se serre contre le corps chaud de Mathilde qui s'est déjà endormie, elle a le sommeil facile, Nicolas se sent heureux et cherche le sommeil à son tour en écoutant la lente et régulière respiration de la femme qu'il aime, qu'il ne cessera jamais d'aimer.

Ils ne se sont pas caressés, ils ne se sont pas embrassés avec passion, mais tendrement, affectueusement, comme ils avaient coutume de le faire avant le départ de Nicolas pour Milan. Ils n'ont pas fait l'amour. Ils se sont retrouvés tels qu'ils s'étaient quittés trois mois plus tôt, amoureux l'un de l'autre, aussi heureux que peuvent espérer l'être deux êtres humains qui partagent leur existence, mais sans sexualité.

Voilà ce que j'aurais écrit si j'avais écrit *Une seule fleur*.

Mais je n'ai pas écrit *Une seule fleur*, si bien que ce n'est pas Nicolas qui cherche le sommeil contre le corps chaud de Mathilde, mais moi qui plaqué contre celui de Margot me demande comment se terminerait ce roman si j'en entreprenais la rédaction.

Blotti contre le corps chaud de Margot qui s'est déjà endormie, et que je sens respirer doucement, je me dis que Nicolas aurait peut-être reçu commande du directeur de l'Opéra-Comique d'une œuvre lyrique dont il aurait tenu à écrire lui-même le livret. Le livret de cet opéra aurait réuni un homme dénommé Frédéric, peintre et plasticien, une quarantaine d'années, marié et père de deux enfants, et une jeune femme que lui aurait inspirée sa Marie de Milan, appelons-la Marie, d'à peu près le même âge que lui et atteinte d'un cancer incurable.

Frédéric aurait été la projection rigoureuse, mais légèrement travestie, exagérée et embellie par la fiction, de la personne de Nicolas, à partir de ce qu'il avait vécu avec Mathilde quand elle avait été malade : il avait peint une fresque allégorique aux dimensions exactes de *Guernica* dans les mêmes ahurissantes conditions d'effervescence artistique qui avaient vu Nicolas composer sa symphonie magique *La belle au bois dormant*, sa femme Marlène avait guéri au moment où il terminait son œuvre et cette dernière, exposée au Palais de Tokyo, acquise immédiatement par la Fondation François Pinault, avait été un triomphe.

Nicolas, imaginant que Frédéric prendrait plus tard la décision, comme il l'avait fait lui-même, un samedi matin, encore ensommeillé, dans la pénombre de sa chambre, de rejoindre sa Marie rechutée à Berlin, où elle résidait, après qu'il eut entendu son fils cadet demander à Marlène, dans la cuisine : *Ça veut dire quoi maman soliflore ?* et entendu Marlène lui répondre : *Une seule fleur… c'est un vase qui ne peut recevoir qu'une seule fleur…*, Nicolas choisirait d'intituler son opéra :

Une seule fleur.

Une mobylette au pot perforé passe en pétaradant dans ma rue.

Ce que j'aurais souhaité, aussi, me dis-je, serré contre le corps chaud de Margot qui dort paisiblement, c'est qu'à la fin du livre Nicolas et Mathilde refassent l'amour.

Nicolas proposerait à Mathilde un week-end en amoureux dans un splendide hôtel au bord du lac Majeur.

Je ne sais pas pourquoi m'est venue cette idée, cette

nuit-là, serré contre Margot, que ce serait au bord du lac Majeur que Nicolas aurait l'idée que se déroule leur week-end de résurrection sexuelle, sans trop savoir pourquoi lui non plus.

Quoi qu'il en soit ils seraient allés au bord du lac Majeur, Nicolas aurait réservé une chambre au Grand Hôtel des Îles Borromées, un hôtel somptueux, et une nuit, la deuxième nuit précisément, Nicolas aurait, pour la première fois depuis des années, osé introduire doucement ses doigts dans le sexe de Mathilde, déjà humide.

Mais qu'est-ce que tu fais ? aurait feint de s'étonner Mathilde, joyeuse. Et Nicolas lui aurait dit :

Mais tu vois bien, je te caresse la chatte, elle est belle, je l'aime, elle m'a manqué, elle est trempée.

Et Mathilde lui aurait répondu :

Je sais, tu lui as manqué à elle aussi, viens en moi.

Je me suis endormi, le sexe dur, contre le corps de Margot, en me disant que ce serait une fin possible pour ce roman qu'alors j'envisageais d'écrire, *Une seule fleur*.

Mais le lendemain matin je décidai une fois supplémentaire qu'*Une seule fleur* ne serait pas mon prochain livre et je montai dans mon bureau pour commencer la rédaction de *L'amour et les forêts*.

On était en septembre 2012, cinq ans exactement après la rémission de Margot. Ainsi pourrait-elle commencer à espérer survivre à son cancer du sein, maintenant qu'elle était au-delà du périmètre des cinq années à l'intérieur duquel les médecins encouragent les patients, de mille manières et souvent brutalement, sans le moindre tact, relayés par les banques et les compagnies d'assurances, à ne surtout pas se projeter dans l'avenir, comme si c'était un péché presque mortel, une insulte à la science, que de croire qu'on va vivre, quelle coupable innocence. De fait, à partir de septembre 2012, Margot allait se remettre à vivre, ou se mettre à revivre, je ne sais pas comment dire. Je la voyais heureuse d'être en vie et de penser qu'elle pourrait bien le rester. À la hantise de la récidive, sa funeste idée fixe, allait enfin se substituer la pensée aussi distraite qu'intermittente qu'à l'égal de tout un chacun il se pourrait qu'un jour elle soit atteinte d'un cancer grave, mais pas plus que n'importe qui en définitive, et en particulier pas davantage que les médecins qui cinq ans durant l'avaient maintenue dans la terreur.

Un soir, huit mois plus tard, Margot me dirait qu'elle avait fait des examens, sur instruction de son cancérologue de l'Institut Curie, et que les résultats étaient excellents :

La dame m'a dit, j'ai des os de jeune fille ! me dirait Margot.

Des eaux de jeune fille ? lui demanderais-je.

Oui, oui, des os de jeune fille !

Mais qu'est-ce que cela peut bien vouloir dire, ma Margot, avoir des eaux de jeune fille ? lui demanderais-je, déjà émerveillé par ce que me laissait entrevoir cette fabuleuse nouvelle.

J'ai fait une densitométrie osseuse, pour vérifier si mon ossature est solide.

Ah, *des os* ! tu as *des os* de jeune fille ! lui répondrais-je, entraînant Margot dans un fou rire quand je lui expliquerais comment j'avais compris sa phrase.

Dès le lendemain, après une bonne nuit de sommeil, je proposerais à Margot qu'on parte en Italie, elle et moi, sans les enfants, pour fêter sa guérison définitive.

Et où veux-tu qu'on aille ? me demanderait Margot.

La semaine précédente, examinant une carte de l'Italie, j'avais enfin compris, je crois, pour quelle raison c'était au lac Majeur que j'avais eu l'idée subite d'expédier Nicolas et Mathilde en week-end, lac au bord duquel, la deuxième nuit, ainsi du moins l'avais-je entraperçu dans mon demi-sommeil, plaqué contre Margot endormie qui respirait paisiblement, Nicolas avait osé approcher sa main du sexe de Mathilde : le lac Majeur apparaissait sur la carte telle une fente étroite et longue, intime, humide, légèrement entrouverte.

Au lac Majeur, répondrais-je à Margot.

Au lac Majeur ? Pourquoi au lac Majeur ?

Je ne sais pas, comme ça.

C'est une très bonne idée.

Je t'aime tellement, Mathilde, mon amour, avait dit Nicolas à Mathilde après s'être retiré de la fente étroite et longue, intime, humide, légèrement entrouverte, de son sexe.

Tu trouves ?

Oui, me répondrait Margot. Il y a longtemps qu'on n'est plus allés au lac Majeur.

C'est ce que je me suis dit aussi.

J'ai un très bon souvenir du lac Majeur.

Moi aussi.

C'est quoi ce sourire que tu as ? me demanderait Margot avec malice.

Rien, rien, je te dirai là-bas. Je suis heureux que cette idée te plaise.

Oui, elle me plaît. Elle me plaît beaucoup. J'ai envie d'y retourner, maintenant que tu m'en parles, poursuivrait Margot avec le même sourire qu'elle avait vu sur mon visage. Tu as raison. Retournons au lac Majeur.

Le texte du premier chapitre a été écrit pour le numéro best of 2007 des *Inrockuptibles*, où il est paru en décembre 2007. Que Nelly Kaprièlian et Sylvain Bourmeau en soient ici remerciés.

Un chaleureux merci à Mariagrazia Mazzitelli pour m'avoir aidé à m'orienter dans cette belle ville de Milan.

Une pensée complice et reconnaissante pour mon ami Laurent Bazin.

Composition : IGS-CP à L'Isle-d'Espagnac (16).
Achevé d'imprimer
sur Roto-Page
par l'Imprimerie Floch
à Mayenne, le 6 juin 2017.
Dépôt légal : juin 2017.
Numéro d'imprimeur : 91219.
ISBN 978-2-07-019720-0 / Imprimé en France.

302773